U0719822

陈飞诗文集

陈飞 ｜ 著

中南大学出版社
www.csupress.com.cn
·长沙·

前言

习近平总书记指出:"中华传统文化源远流长、博大精深,中华民族形成和发展过程中产生的各种思想文化,记载了中华民族在长期奋斗中开展的精神活动、进行的理性思维、创造的文化成果,反映了中华民族的精神追求,其中最核心的内容已经成为中华民族最基本的文化基因。"

诗词是中华传统文化的精髓和代表。在中华诗歌百花园里,除了常见的正体诗词以外,还有杂体诗词,如藏头诗。

藏头诗主要有三种形式:一种是首联与中间二联皆言所寓之景,而不点破题意,直到结联才点出主题;二是将诗头句一字暗藏于末一字中;三是将所说之事分藏于诗句之首。一般来说,诗歌的第一、二、四句必须押韵,词义必须对仗工整。

藏头诗的种类主要有散文藏头诗、叙事藏头诗、五言藏头诗、七言藏头诗、哲理藏头诗、自然藏头诗、古代藏头诗、现代藏头诗、祝寿藏头诗、生日藏头诗等。

从 2010 年开始从事教育教学工作以来,笔者抱着弘扬中华传统文化的初衷,一直坚持在每次课的课间在黑板上为同学们默写一首古诗词或一句励志名言。而从 2019 年开始,笔者在上地质工程专业的岩土工程勘察课程时都会创作一首藏头诗作为课堂小结。笔者在创作藏头诗时，为便于记忆，将当堂课的有关知识点、关键词嵌入诗中，使诗富有趣味性。为加深诗的内涵，笔者使用了不少耳熟能详的成语。如《技术要求》诗："计（技）深虑远探岩砂，溯（术）本求源方案佳。要而言之近思问，求同存异梦笔花。"其中的"技、术"为成语"计深虑远、溯本求源"中"计、溯"的谐音字，此诗各句之首的藏头"技术要求"即为本诗主旨。同学们一一解读了之后，不由得产生了学成语、探来源、学习中华优秀传统文化的浓厚兴趣，也因此激发了爱国之情、报国之志、为国效力之心。

  本书共分三篇，第一篇课堂小结，共有25首诗，主要是为岩土工程勘察课程的课堂小结所作的藏头诗；第二篇师生友情，共有47首，主要是笔者写给老师们、同学们的藏头诗；第三篇教书育人，主要是岩土工程勘察课程思政教学改革与实践以及班主任工作体会等。

  本书的出版得到了江西理工大学的大力支持和帮助，在此表示衷心的感谢。

  由于笔者水平有限，不足之处，敬请读者批评指正。

陈飞

2019 年 10 月 6 日

目 录

第二篇 师生友情

第三篇　教书育人

第一篇

课堂小结

01

勘察绪论

2019 年 2 月 25 日

勘覆①唯实重担挑，
察今知古②勤学早。
绪行既卓③忘宠辱④，
论德使能⑤报国豪。

注释：

①勘覆：反复查核。唐·白居易《荐李晏韦楚状》："及被人论，朝廷勘覆，责不闻奏。"

②察今知古：指事物的发展是一个过程，它总是循着时间的先后逐渐演变而成。观察它的现在，可以推知它的本来面目。

③绪行既卓：功业与德行都很出色。绪行：功业与德行。宋·曾巩《刑部郎中张府君神道碑》："如府君钟材甚美，而进也得其时，自守及使，绪行既卓矣，使极其设修，可胜言耶！"

④忘宠辱：宠辱皆忘。谓受宠或受辱都毫不计较。常指一种通达的超绝尘世的态度。宋·范仲淹《岳阳楼记》："登斯楼也，则有心旷神怡，宠辱皆忘，把酒临风，其喜洋洋者矣。"

⑤论德使能：选拔有道德的人和使用有才能的人。论：通"抡"。《荀子·王霸》："论德使能而官施之者，圣王之道也，儒之所谨守也。"

后记：

2019 年 2 月 25 日，给地质工程专业 2016 级上专业课"岩土工程勘察"的第一次课"绪论"，此诗作为本次课的课堂小结。

02

技术要求

2019 年 2 月 27 日

计(技)深虑远①探岩砂，
溯(术)本求源②方案佳。
要而言之③近思问④，
求同存异梦笔花⑤。

注释：

①计深虑远：计谋想得很深远。计：计谋。虑：考虑。汉·司马相如《喻巴蜀檄》："计深虑远，急国家之难，而乐尽人臣之道也。"

②溯本求源：追寻根本，探求起源。比喻寻根究底。溯：追寻。本：事物的根本。求：探索。源：源头。宋·周密《齐东野语·道学》："其能发明先贤旨意，溯流徂源，论著讲介卓然自为一家者，惟广汉张氏敬夫、东莱吕氏伯恭、新安朱氏元晦而已。"

③要而言之：概括地说，简单地说。要：简要。晋·陆机《五等论》："且要而言之，五等之君为己思治，郡县之长为利图物。"

④近思问：切问近思。恳切地问询，多考虑当前的问题。切：恳切。近思：想当前的问题。《论语·子张》："子夏曰：'博学而笃志，切问而近思，仁在其中矣。'"

⑤梦笔花：梦笔生花。指才思俊逸，写作的诗文极佳。传说李白少时曾梦见笔头上生花，后来他的诗名闻天下。五代·王仁裕《开元天宝遗事·梦笔头生花》："李太白少时，梦所用之笔头上生花，后天才赡逸，名闻天下。"

后记：

此诗作为"岩土工程勘察"课之"第一章　岩土工程勘察基本技术要求"的课堂小结。

03

工程测绘　责任为先

2019 年 3 月 4 日

工善其事①责利器，

澄（程）源正本②任务艰。

测渊寸指③为非望④，

绘影绘声⑤先锋兼。

注释：

①工善其事：工欲善其事，必先利其器。工匠想要使他的工作做好，一定要先让工具锋利。比喻要做好一件事，准备工作非常重要。语出《论语·卫灵公》："子贡问为仁。子曰：'工欲善其事，必先利其器。居是邦也，事其大夫之贤者，友其士之仁者。'"

②澄源正本：正本澄源。从根本上整顿，从源头上清理。比喻从根本上加以整顿清理。正本：从根本上整顿。澄源：从源头上清理。出自《旧唐书·高祖纪》："欲使玉石区分，薰莸有辨，长存妙道，永固福田，正本澄源，宜从沙汰。"

③测渊寸指：寸指测渊。以一寸之指而测深渊。比喻浅学不能探明深理。《孔丛子·答问》："子立尺表以度天，植寸指以测渊，蒙大道而不悟，信诬说以疑圣，殆非所望也。"

④非望：得非所愿，愿非所得。指不是所期望的。

⑤绘影绘声：形容叙述或描写生动逼真。绘：描绘，描摹。清·吴敬梓《儒林外史》第十七回："绘声绘影，能令阅者拍案叫绝。"

后记：

此诗作为"岩土工程勘察"课之"第二章 工程地质测量"的课堂小结。

04

钻探工程

2019 年 3 月 6 日

钻坚仰高思贤齐[①]，
探幽穷赜[②]克难题。
工力悉敌[③]贵持久，
程门飞雪[④]展红旗。

注释:

①思贤齐:见贤思齐。见到德才兼备的人就要向他看齐。《论语·里仁》:"子曰:'见贤思齐焉,见不贤而内自省也。'"

②探幽穷赜:探究深奥的道理,搜索隐秘的事情。探:寻求,探测。赜:幽深玄妙。《晋书·潘尼传》:"抽演微言,启发道真。探幽穷赜,温故知新。"

③工力悉敌:双方用的功夫和力量相当。常形容两个优秀的艺术作品不分上下。工力:功夫和力量。悉:完全。敌:相当。宋·计有功《唐诗纪事·上官昭容》:"中宗正月晦日,幸昆明池赋诗,群臣应制百余篇,帐殿前结彩楼,命昭容选一首为新翻御制曲……既进,唯沈(沈佺期)、宋(宋之问)二诗不下;又移时,一纸飞坠,竞取而观,乃沈诗也。及闻其评曰:'二诗工力悉敌。'"

④程门飞雪:比喻尊师重教。程:宋代理学家程颐。《鲁迅书信集·致许广平》:"程门飞雪,贻误多时。"

后记:

此诗作为"岩土工程勘察"课之"第三章 勘探取样"第一部分内容的课堂小结。

05

勘探取样

2019 年 3 月 9 日

勘会①方案榫对卯②，
探源溯流③金石销。
取精用宏④不吝改⑤，
样样俱全⑥观犀烧⑦。

注释:

①勘会：审核议定。

②榫对卯：榫头对上卯眼。比喻说话对得上话题。榫：竹、木、石制器物或构件上利用凹凸方式相接处凸出的部分。卯：木器上安榫头的孔眼。清·梁同书《直语补证·笋卯》："凡剡木相入，以盈入虚谓之笋，以虚受盈谓之卯。故俗有笋头卯眼之语。"

③探源溯流：探索和寻求事物的根源。清·王士禛《然灯记闻》："为诗要穷源溯流，先辨诸家之派。"

④取精用宏：形容从大量材料中选取精华部分加以运用。《左传·昭公七年》："蕞尔国，而三世执其政柄，其用物也弘矣，其取精也多矣。"

⑤不吝改：改过不吝。改正错误态度坚决，不犹豫。吝：可惜。《尚书·仲虺之诰》："改过不吝。"唐·陆贽《奉天论延访朝臣表》："述汤之所以王，则曰：'用人惟己，改过不吝。'言能纳谏也。"

⑥样样俱全：一切齐全，应有尽有。俱：全。

⑦观犀烧：烧犀观火。比喻洞察事物。《西湖佳话·葛岭仙迹》："令婿稚川兄不独才高，而察览贼情，直如烧犀观火。"

后记:

此诗作为"岩土工程勘察"课之"第三章　勘探取样"第二部分内容的课堂小结。

06

土体测试　真实准确

2019 年 3 月 11 日

土壤细流^①真山水，
体物缘情^②实臻妙^③。
测海以蠡^④准存疑，
试才录用^⑤确拔俏。

注释：

①土壤细流：比喻微不足道的事物。西汉·司马迁《史记·李斯列传》："是以太山不让土壤，故能成其大；河海不择细流，故能就其深。"

②体物缘情：缘情体物。指抒发感情，描写事物。晋·陆机《文赋》："诗缘情而绮靡，赋体物而浏亮。"

③臻妙：臻微入妙。形容诗文或书法的功力达到最微妙的佳境。宋·黄庭坚《杨子建通神论序》："天下之学，要之有宗师，然后可臻微入妙。"

④测海以蠡：以蠡测海。用瓢来测量海。比喻见闻浅陋、肤浅。蠡：盛水的瓢。

⑤试才录用：指根据他人的能力大小予以录用。

后记：

此诗作为"岩土工程勘察"课之"第四章　土体原位测试"第一节、第二节的课堂小结。

07

原位试验

2019 年 3 月 16 日

原原本本①瑾瑜怀②，
位之不次③笑颜开。
试马持戈④陈言去⑤，
验问即穷⑥鉴往来⑦。

注释：

①原原本本：原指探索事物的根由底细。后指详细叙述事情的全部起因和整个过程，一点不漏。元元：探索原始。本本：寻求根本。东汉·班固《西都赋》："元元本本，殚见洽闻。"

②瑾瑜怀：怀瑾握瑜。比喻人具有纯洁高尚的品德。怀：怀藏。握：手握。瑾、瑜：美玉，比喻美德。战国楚·屈原《楚辞·九章·怀沙》："怀瑾握瑜兮，穷不知所示。"

③位之不次：不次之位。指对于有才干的人不拘等级授予重要职位。次：顺序，等第。位：职位，地位。东汉·班固《汉书·东方朔传》："武帝初即位，征天下举方正贤良文学材力之士，待以不次之位。"

④试马持戈：持戈试马。比喻做好准备，跃跃欲试。清·曹雪芹《红楼梦》第七十九回："那金桂见丈夫旗纛渐倒，婆婆良善，也就渐渐的持戈试马。"

⑤陈言去：陈言务去。陈旧的言辞一定要去掉。指写作时要排除陈旧的东西，努力创造、革新。陈言：陈旧的言辞。务：务必。唐·韩愈《与李翊书》："惟陈言之务去，戛戛乎其难哉！"

⑥验问即穷：即穷验问。抓住事实，追究查问。即穷：追究到极点。验：检验。汉·刘向《列女传·辩通》："便有司即穷验问。"

⑦鉴往来：鉴往知来。审查过去，便可以推知未来。

后记：

此诗作为"岩土工程勘察"课之"第四章 土体原位测试"第三节、第四节、第五节的课堂小结。

08

岩体变形

2019 年 3 月 20 日

岩千壑万^①望群山，
体逊^②慎思^③宝惟贤^④。
变危为安^⑤筑大坝，
形诸笔墨^⑥金石坚。

注释：

①岩千壑万：千岩万壑。形容峰峦、山谷极多。南朝宋·刘义庆《世说新语·言语》："顾长康从会稽还，人问山川之美，顾云：'千岩竞秀，万壑争流。'"

②体逊：为人处世谨慎谦恭。

③慎思：谨慎思考。

④宝惟贤：所宝惟贤。所尊重的只是贤人。宝：以为珍宝，尊重。《尚书·旅獒》："不宝远物，则远人格；所宝惟贤，则迩人安。"

⑤变危为安：变危急为平安。宋·司马光《论周琰事乞不坐冯浩状》："陛下当此之时变危为安，变乱为治，易于返掌。"

⑥形诸笔墨：用笔墨把它写出来。形：描写。诸："之于"的合音。

后记：

此诗作为"岩土工程勘察"课之"第五章 岩土测试"前半部分内容的课堂小结。

09

水压致裂

2019 年 3 月 25 日

水清石见①望星空，
压雪求油②笑雕虫③。
致知格物④谨终始⑤，
裂九花八⑥出奇功。

注释：

①水清石见：比喻情况搞清楚了，问题的性质也就明白了。清：清澈。见：同"现"，显露。汉·无名氏《艳歌行》："语卿且勿眄，水清石自见。石见何累累，远行不如归。"

②压雪求油：比喻难以做到的事情。明·吴承恩《西游记》第二十八回："八戒道：'莫管，我这一去，钻冰取火寻斋至，压雪求油化饭来。'"

③雕虫：常指诗文辞赋。比喻从事不足道的小技艺。也比喻技艺低下。

④致知格物：推究事物的原理法则总结为理性知识。致知：获得知识。格物：推究事理。《礼记·大学》："致知在格物，物格而后知至。"

⑤谨终始：谨终如始。指谨慎小心，始终一致。

⑥裂九花八：八花九裂。形容漏洞百出，缝隙很多。裂：分裂。宋·释普济《五灯会元》："僧问慧颙禅师曰：'如何是无缝塔？'师曰：'八花九裂。'"

后记：

此诗作为"岩土工程勘察"课之"第五章 岩土测试"后半部分内容的课堂小结。

10

现场检验

2019 年 3 月 27 日

现钟弗打^①绿袍新^②,

场逢竿木^③无重轻^④。

检校地基高楼梦,

验功^⑤择期柳花明^⑥。

注释：

①现钟弗打：现钟不打。比喻有现成的东西却不加以利用。

②绿袍新：指职场新人。

③场逢竿木：逢场竿木。比喻偶尔凑凑热闹的人。《五灯会元·南岳让禅师法嗣·江西马祖道一禅师》："竿木随身，逢场作戏。"

④无重轻：无足轻重。形容无关紧要，不值得重视。

⑤验功：检验事物的功效。

⑥柳花明：柳暗花明。形容柳树成荫、繁花似锦的春天景象。也比喻在困难中遇到转机，由逆境转变为充满希望的顺境。唐·王维《早朝》："柳暗百花明，春深五凤城。"

后记：

此诗作为"岩土工程勘察"课之"第六章 现场检验检测"的课堂小结。

11

资料整理

2019 年 4 月 1 日

资深居安①不自骄，
料事如神②转关桥③。
整本大套④无难事，
理争尺寸⑤析缕条⑥。

注释：

①资深居安：居安资深。形容安心学习，造诣很高。先秦·孟轲《孟子·离娄下》："孟子曰：'君子深造之以道，欲其自得之也。自得之，则居之安；居之安，则资之深；资之深，则取之左右逢其原。故君子欲其自得之也。'"

②料事如神：形容预料事情非常准确。宋·杨万里《提刑徽猷检正王公墓志铭》："公器识宏深，襟度宽博，议论施加人数等，料事如神，物无遁情。"

③转关桥：我国古代用人力绞盘转动的守城吊桥。本诗指转折的关键。

④整本大套：指有计划、有条理、全面。老舍《赵子曰》："如今叫我整本大套的去和女怪交际，你想想，端翁，我老赵受得了受不了?!"又《文博士》："中国的老事儿有许多是合乎科学原理的，不过是没有整本大套的以科学始，以科学终而已。"

⑤理争尺寸：比喻在真理面前一步也不退让。

⑥析缕条：析缕分条。有条有理地细细分析。析：剖析。缕：线。

后记：

此诗作为"岩土工程勘察"课之"第七章 资料整理"的课堂小结。

12

崩坍滑坡

2019 年 4 月 3 日

崩析①千仞浪淘沙，

坍圮②万顷铸犁铧③。

滑面稳定耕云雨④，

坡地随心锦添花⑤。

注释：

①崩析：分裂瓦解。

②坍圮：崩裂倒塌。

③犁铧：安装在犁的下端、用来翻土的铁器，略呈三角形。

④耕云雨：耕云播雨。指控制降雨、改造自然。比喻辛勤劳作。

⑤锦添花：锦上添花。在锦上面再绣上花。比喻使美好的事物更加美好。宋·黄庭坚《了了庵颂》："又要涪翁作颂，且图锦上添花。"

后记：

此诗作为"岩土工程勘察"课之"第八章　斜坡场地"前半部分内容的课堂小结。

13

斜坡场地

2019 年 4 月 8 日

斜风细雨①菜花黄，

坡仙②豪饮山茶香。

场控③探微安长久，

地尽其利④一咏觞⑤。

注释：

①斜风细雨：形容小的风雨。斜风：旁侧吹来的小风。细雨：小雨。唐·张志和《渔歌子》："青箬笠，绿蓑衣，斜风细雨不须归。"

②坡仙：苏轼，号东坡居士，宋朝人，文才盖世，仰慕者称之为"坡仙"。

③场控：场面控制。

④地尽其利：充分发挥土地的效用。孙中山《上李鸿章书》："人能尽其才，地能尽其利，物能尽其用，货能畅其流，此四事者，富强之大经，治国之大本也。"

⑤一咏觞：一咏一觞。旧指文人喝酒吟诗的聚会。咏：吟诗。觞：古代盛酒器，借指饮酒。晋·王羲之《兰亭集序》："一觞一咏，亦足以畅叙幽情。"

后记：

此诗作为"岩土工程勘察"课之"第八章　斜坡场地"后半部分内容的课堂小结。

14

防泥石流

2019 年 4 月 10 日

防芽遏萌①星火燎②，

泥而不滓③君子交。

石火风灯④冲天炮，

流星飞电⑤过渡桥。

注释：

①防芽遏萌：错误或恶事在未显露时，即加以阻止、防范。《三国志·卷五十九·吴书·吴主五子传·孙奋传》：“大行皇帝览古戒今，防芽遏萌，虑于千载。”

②星火燎：星火燎原。原比喻小乱子可以发展成为大祸害，现比喻开始时显得弱小的新生事物有旺盛的生命力和广阔的发展前途。《尚书·盘庚上》：“若火之燎于原，不可向迩。”

③泥而不滓：染而不黑。比喻洁身自好，不受坏的影响。泥：通“涅”，染黑。滓：通“缁”，黑色。《史记·屈原贾生列传》：“濯淖污泥之中，蝉蜕于浊秽，以浮游尘埃之外，不获世之滋垢，皭然泥而不滓者也。”

④石火风灯：比喻为时短暂。《万善同归集》卷五：“无常迅速，念念迁移，石火风灯，逝波残照，露华电影，不足为喻。”

⑤流星飞电：比喻迅疾。

后记：

此诗作为“岩土工程勘察”课之“第九章 泥石流场地”的课堂小结。

15

岩溶场地

2019 年 4 月 15 日

岩柱成峰石林①美，

溶隙②相连漓江水。

场区塌陷③早防治，

地上天官④工程伟。

注释:

①石林:位于云南,经过漫长的地质演变,形成了极为珍贵的地质遗迹,涵盖了地球上众多的喀斯特地貌类型。

②溶隙:可溶岩石如岩盐石膏、石灰岩、白云岩等在地下水溶蚀和机械破坏的作用下所产生的空隙。

③塌陷:地表岩、土体在自然或人为因素作用下向下陷落,并在地面形成塌陷坑(洞)的一种动力地质现象。由堤身堤土未压实,孔隙较多,存在漏洞隐患和地基软弱或荷载较大等原因所致。

④地上天宫:比喻社会生活繁华安乐。

后记:

此诗作为"岩土工程勘察"课之"第十章　岩溶场地"的课堂小结。

16

岩溶发育

2019 年 4 月 17 日

岩千竞秀①鸢枭栖②，
溶澹萦纡③百丈溪。
发潜阐幽④峰岝崿⑤，
育德果行⑥面耳提⑦。

注释：

①岩千竞秀：千岩竞秀。重山叠岭的风景竞相比美。形容山景秀丽。南朝宋·刘义庆《世说新语·言语》："千岩竞秀，万壑争流，草木蒙笼其上，若云兴霞蔚。"

②鸾枭栖：鸾枭并栖。鸾凤与鸱鸮一起停在一棵树上。比喻好坏混杂。枭：鸱鸮，指恶鸟。清·昭梿《啸亭杂录·续录·明史稿》："至于李廷机与陈新甲同传，未免鸾枭并栖，殊无分析，不如忠臣之分传也。"

③萦纡：盘旋弯曲。

④发潜阐幽：阐发沉潜深奥的事理。清·薛福成《庸盒笔记·桃花夫人示梦》："此翰苑笔也，聊赠一枝，以报发潜阐幽之厚意。"

⑤岞崿：山势不齐貌。

⑥育德果行：果行育德。以果断的行动培育高尚的道德。

⑦面耳提：面命耳提。形容长辈教导热心恳切。《诗经·大雅·抑》："匪面命之，言提其耳。"

后记：

此诗作为"岩土工程勘察"课之"第十章　岩溶场地"后半部分内容的课堂小结。

17

震区勘察

2019 年 4 月 22 日

震山裂地声撼天①，

区域规划防御坚。

勘测②精准断层少，

察明见远③九旋渊④。

注释：

①声撼天：形容声音或声势极大。

②勘测：指查勘、勘探和测量工作的总称。

③察明见远：远见明察。指放眼长远，深刻洞察。《韩非子·孤愤》："智术之士，必远见而明察，不明察不能烛私。"

④九旋渊：九旋之渊。旋涡多的深渊。比喻智谋深广。九：多数。旋：旋涡。渊：深渊。西汉·刘安《淮南子·兵略训》："建心乎窈冥之野，藏志乎九旋之渊，虽有明目，孰能窥其情。"

后记：

此诗作为"岩土工程勘察"课之"第十一章　强震区场地"前四节的课堂小结。

18

抗震设计

2019 年 4 月 22 日

抗颜为师①国栋材，

震古烁今②翔九垓③。

设身处地④工夫外，

计获事足⑤锦书来。

注释：

①抗颜为师：不为他人所制约，不为潮流所左右，这种意志坚定的人可以作为学习的榜样。抗颜：不看别人脸色，态度严正不屈。为师：为人师表。唐·柳宗元《答韦中立论师道书》："独韩愈奋不顾流俗，犯笑侮，收召后学，作《师说》，因抗颜而为师。"

②震古烁今：震动古代，显耀当世。形容事业或功绩非常伟大。明·史可法《复多尔衮书》："此等举动，震古铄今。"

③九垓：中央至八极之地。亦作"九陔"。北齐·魏收《枕中篇》："九陔方集，故眇然而迅举；五纪当定，想宵乎而上征。"

④设身处地：设想自己处在别人的地位或环境。指替别人着想。宋·朱熹《礼记·中庸》注："体谓设以身处其地而察其心也。"

⑤计获事足：犹言如愿以偿，指愿望实现。《后汉书·应劭传》："唯至互市，乃来靡服。苟欲中国珍货，非为畏威怀德。计获事足，旋踵为害。"

后记：

此诗作为"岩土工程勘察"课之"第十一章 强震区场地"剩余部分内容的课堂小结。

19

地基承载

2019 年 4 月 23 日

地负海涵①百丈楼，
基础加固计谋周。
承星履草②不言累，
载一抱素③争上游。

注释：

①地负海涵：指大地负载万物，海洋容纳百川。形容包罗万象，含蕴丰富。唐·韩愈《南阳樊绍述墓志铭》："其富若生蓄，万物必具，海含地负，放恣横纵，无所统纪。"

②承星履草：头戴星光，脚踏草地。形容早出晚归辛勤劳作。晋·葛洪《〈抱朴子〉自叙》："饥寒困瘁，躬执耕穑，承星履草，密勿畴袭。"

③载一抱素：指坚持一种信仰，固守素志。王无生《中国三大小说家论赞》："珞珞雪芹，载一抱素。八斗奇才，千秋名著。"

后记：

此诗作为"岩土工程勘察"课之"第十二章　房屋建筑与构筑物"第一部分内容的课堂小结。

20

桩基问题　我是专家

2019 年 4 月 26 日

桩机^①轰鸣我喜欢，

基岩^②凿穿是硬盘。

问鼎中原^③专克艰，

题榜鲁班^④家音传。

注释：

①桩机：一种用于打桩的施工机械。

②基岩：基岩是陆地表层中的坚硬岩层。一般多被土层覆盖，埋藏深度不一，少则数米到数十米，多则数百米。由沉积岩、变质岩、岩浆岩中的一种或数种岩类组成。可做大型建筑工程的地基。

③问鼎中原：比喻企图夺取天下。问：询问。鼎：古代煮东西的器物，三足两耳。中原：黄河中下游一带，指疆域领土。

④题榜鲁班：中国建设工程鲁班奖，简称鲁班奖，是一项由中华人民共和国住房和城乡建设部指导、中国建筑业协会实施评选的奖项，是中国建筑行业工程质量的最高荣誉奖。鲁班：春秋时期鲁国人，姬姓，公输氏，名班，人称公输盘、公输般、班输，尊称公输子，又称鲁盘、鲁般，惯称"鲁班"。2400 多年来，人们把古代劳动人民的集体创造和发明都集中到他的身上。有关他的发明和创造的故事，实际上是中国古代劳动人民发明创造的故事。

后记：

此诗作为"岩土工程勘察"课之"第十二章　房屋建筑与构筑物"第二部分内容的课堂小结。

桩基问题　你是专家

2019 年 4 月 29 日

桩歌①绕梁你洒潇，

基础稳固是土豪。

问羊知马②专业实，

题中之义③家通桥。

注释:

①桩歌:夯歌,打夯时一人领唱、众人和唱的歌。

②问羊知马:比喻从旁推究,弄清楚事情的真相。《汉书·赵广汉传》:"钩距者,设欲知马贾(价),则先问狗,已问羊,又问牛,然后及马。"

③题中之义:事物的关键之处,旨在如何。

后记:

此诗作为"岩土工程勘察"课之"第十二章 房屋建筑与构筑物"第三部分内容的课堂小结。

22

基坑开挖 建筑难点

2019 年 5 月 6 日

基础①夯实②建大厦，
坑内支护③筑地宫。
开天劈地④难移志，
挖土填方点奇功。

注释:

①基础:指建筑底部与地基接触的承重构件。它的作用为把建筑上部的荷载传给地基,因此地基必须坚固、稳定而可靠。工程结构物地面以下的部分结构构件,用来将上部结构荷载传给地基,是房屋、桥梁、码头及其他构筑物的重要组成部分。

②夯实:加固,打牢基础。多用于建筑行业。具体方法为使重物反复自由坠落并对地基或所填筑的土石料进行夯击,以提高其密实度的施工作业。

③坑内支护:为保证地下结构施工及基坑周边环境的安全,对基坑采用的临时性支挡、加固与保护措施。

④开天劈地:古代神话中说盘古氏开辟天地后才有世界。表示前所未有,有史以来的第一次。三国吴·徐整《三五历纪》:"天地混沌如鸡子,盘古生在其中,万八千岁,天地开辟,阳清为天,阴浊为地,盘古在其中。"

后记:

此诗作为"岩土工程勘察"课之"第十二章 房屋建筑与构筑物"第四部分内容的课堂小结。

23

地下洞室

2019 年 5 月 8 日

地远山险①迎彩霞，

下临无地②掘岩砂。

洞幽察微③拭汗笑，

室雅兰馨④乐万家。

注释：

①地远山险：地处边远，山势险峻。明·罗贯中《三国演义》第八十七回："愚有片言，望丞相察之：南蛮恃其地远山险，不服久矣，虽今日破之，明日复叛。"

②下临无地：向下望去深不见底。形容极其高峻陡峭。临：从高处往低处看。唐·王勃《滕王阁序》："层峦耸翠，上出重霄。飞阁流丹，下临无地。"

③洞幽察微：彻底地看到幽深微妙处。

④室雅兰馨：居室布置得素洁而典雅，富有兰花的高洁气质。

后记：

此诗作为"岩土工程勘察"课之"第十三章　地下洞室"第一部分内容的课堂小结。

24

围岩稳定

2019 年 5 月 13 日

围炉煮茗^①对天崖，

岩堀^②破碎勘察佳。

稳如泰山^③支护至，

定乱扶衰^④再分茶^⑤。

注释：

①围炉煮茗：围着炉子煮水泡茶，讲究的是一种意境和内在的感觉。

②岩堀：山洞。堀：同"窟"。《吕氏春秋·必己》："单豹好术，离俗弃尘，不食谷实，不衣芮温，身处山林谷堀，以全期生。不尽期年，而虎食之。"

③稳如泰山：形容像泰山一样稳固，不可动摇。《汉书·刘向传》："王氏与刘氏亦且不并立，如下有泰山之安，则上有累卵之危。"

④定乱扶衰：平定祸乱，扶持衰弱。定：平定。扶：帮助，扶持。清·刘熙载《艺概·诗概》："刘越石诗，定乱扶衰之志；郭景纯诗，除残去秽之情。"

⑤分茶：它是以泡沫来表现中国字画的独特艺术形式，是表现力丰富的古茶艺。古人又称之为水丹青。

后记：

此诗作为"岩土工程勘察"课之"第十三章　地下洞室"第二部分内容的课堂小结。

25

道路桥梁　强国大道

2019 年 5 月 15 日

道远知骥^①强基台，

路迢水长^②国运开。

桥箭累弦^③大江渡，

梁尘踊跃^④道通怀。

注释:

①道远知骥:路途遥远才可以辨别良马。比喻经过长久的锻炼,才能看出人的优劣。骥:千里马。三国魏·曹植《矫志》:"道远知骥,世伪知贤。"

②路迢水长:形容遥远。

③桥箭累弦:矫正箭矢,系上弓弦。指作战前的准备工作。桥,通"矫"。《史记·平津侯主父列传》:"今天下锻甲砥剑,桥箭累弦,转输运粮,未见休时,此天下之所共忧也。"

④梁尘踊跃:形容乐声绕梁,美妙动人。鲁迅《集外集·赠人二首·其二》:"秦女端容理玉筝,梁尘踊跃夜风轻。"

后记:

此诗作为"岩土工程勘察"课之"第十四章 道路桥梁"的课堂小结。

第二篇

师生友情

26

采矿考研　三六大顺

2019 年 4 月 3 日

采光剖璞①三江水，

矿业②报国六月花。

考来彰往③大喜望④，

研精覃思⑤顺藤瓜。

注释:

①采光剖璞:指采集金子,剖璞取玉。比喻在众人之中选拔优秀人才。采:采集。璞:含有美玉的石头。汉·荀爽《与郭叔都书》:"盐车之骥,自非伯乐,无以显名,采光剖璞,以独见宝,实为足下利之。"

②矿业:开采地下矿物的事业。

③考来彰往:彰往考来。彰明往事,考察未来。《易·系辞下》:"夫《易》彰往而察来,而微显阐幽。"

④喜望:喜出望外。遇到意想不到的喜事而感到非常高兴。宋·苏轼《与李之仪书》:"契阔八年,岂谓复有见日,渐近中原,辱书尤数,喜出望外。"

⑤研精覃思:精心研究,深入思考。研:研究。精:细密。覃:深入。思:思考。唐·孔颖达《尚书序》:"承诏为五十九篇作传,于是遂研精覃思,博考经籍,采摭群言,以立训传。"

后记:

得知采矿 153 班考研有 18 人被录取,考研升学率 66.6%,为采矿 153 班感到高兴,为学院感到高兴,为学校感到高兴,故作此小诗以贺。

27

同窗是缘

2014 年 10 月于赣州

同舟共济①搏章江，

窗明几净②望峰山③。

是非得失④把酒语，

缘情体物⑤笑颜环。

注释：

①同舟共济：坐一条船，共同渡河。比喻团结互助，同心协力，战胜困难。也比喻利害相同。《孙子·九地》："夫吴人与越人相恶也，当其同舟而济，遇风，其相救也如左右手。"

②窗明几净：窗户明亮，小桌子干净。形容房间干净明亮。宋·苏辙《寄范丈景仁》诗："欣然为我解东阁，明窗净几舒华茵。"

③峰山：赣州峰山，古名崆峒山，呈西南—东北走向，绵延40余公里，跨赣县、章贡区、南康市。峰山山脉由一系列山峰所构成，最东端的杨仙岭濒临贡江河谷。自杨仙岭往西，依次有丫基嶂、九峰山、爷屏山、宝盖峰、狮子岩、天子地、牛轭嶂等山峰。

④是非得失：正确与错误，得到的与失去的。

⑤缘情体物：抒发感情，描写事物。缘：因。体：描写。晋·陆机《文赋》："诗缘情而绮靡，赋体物而浏亮。"

后记：

2014年10月，赣州一中八七届高三（1）班同学聚会，此诗为同学纪念册留言。

28

难忘一班

2014 年 10 月于赣州

难能可贵聚一堂，

忘餐废寝①诉衷肠。

一瓣心香②凌云志，

班师回朝③龙虎藏④。

注释：

①忘餐废寝：忘记了睡觉，顾不得吃饭。形容对某事专心致志或忘我地工作、学习。元·王实甫《西厢记》第四本第一折："忘餐废寝舒心害，若不是真心耐，志诚挨，怎能勾这相思苦尽甘来。"

②一瓣心香：比喻十分真诚的心意。心香：旧时称心中虔诚，就能感通佛道，同焚香一样。唐·韩偓《仙山》诗："一炷心香洞府开，偃松皴涩半莓苔。"

③班师回朝：调动出征的军队返回首都。指出征的军队胜利返回。班：调回。师：军队。元·乔孟符《两世姻缘》第三折："你奉圣旨破吐蕃，定西夏，班师回朝，便当请功受赏。"

④龙虎藏：卧虎藏龙。隐藏着未被发现的人才或隐藏不露的人才。北周·庾信《同会河阳公新造山池聊得寓目》诗："暗石疑藏虎，盘根似卧龙。"

后记：

2014年10月，赣州一中高三(1)班同学30年聚会，此诗为同学纪念册留言。又为同学纪念册写了一篇后记，全文如下。

难忘三十年
——赣州一中87届高三(1)班同学聚会后记

三十年前，我们满怀着激情，带着各自的梦想和憧憬，相聚在赣州一中高三(1)班这个大家庭。

三十年后的2014年金秋十月，我们再一次相聚在赣州一中和美丽的陡水湖。

　　10月2日上午，同学们带着挥之不去的思念，早早地来到了心驰神往的校园，相聚在文清楼二楼教室，在这里举行了向母校捐书仪式，班主任张铨仪老师给我们上了难忘的一课。课后同学们漫步在校园内，看到熟悉的教学楼、阳明院、体育场，感到是那样的亲切。大家合影后于11：00乘12辆车向上犹出发，于中午12：00到陡水湖度假村。午餐后在度假村南河厅举行了"致我们难忘的青春"主题酒会。晚餐后在1号楼举行了"情聚2014"主题晚会。

　　10月3日上午，同学们坐游船畅游陡水湖，其间在赣南植物园游玩一小时。"潮平两岸阔，风正一帆悬"，陡水湖的山也青、水也青，诉不完的师生情、同学情。午餐后全体同学依依不舍乘车回到赣州。

　　"依稀往梦似曾见，心内波澜现"，三十年，弹指一挥间，那时的青涩少年，如今已人到中年！

　　高中三年，是人生中最纯洁、最浪漫、最天真无邪的美好时光！难忘教室里我们勤奋的身影，难忘阳明院旁风儿传送着我们的朗朗书声，难忘体育场上曾有我们生龙活虎的身姿。难忘校园内的嬉戏笑闹，难忘通天岩、马祖岩的开心旅程，难忘峰山的骑车长行，难忘夜话亭的促膝长谈。我们曾共同欢笑，也曾一同哭泣；我们曾共同在知识的海洋里成长、历练意志，我们曾共同寻找青春的辉煌、憧憬未来、放飞梦想。青春时光，似一幅流光溢彩的画卷，烙在我们记忆深处；师生情谊，如滔滔赣江水，永驻心头。这是一种无价的财富，值得我们用一生去珍惜！

　　三十年后再聚首，我们仍然拥有一颗年轻的心，我们还保存着一份至纯之情，至真之情！

　　两天的聚会太短，要说的话太多，相聚的每一秒时光都是那么令人动容。无论人生怎样变化，我们的师生情谊，就像一杯醇厚的陈酿，越品味越浓，越品味越香，越品味越醇。在"致我们难忘的青春"酒会上，张老师还能叫出我们每一位同学的名字，说出我们每一位同学的爱好，张老师的记忆力如此之好让我们敬佩，我们更不会忘记张老师对我们的辛勤培育。"桃李不言，下自成蹊"，面对恩师，千言万语也表达不完我们对老师的感激，只能归结一句话：老师，谢谢您！

老师变了，同学们变了，变的是年龄，不变的是情谊。变化的是女同学变得越来越美丽，男同学变得越来越帅；不变的是老师脸上的笑容依然慈祥，我们的心灵依然年轻。

"同窗如手足"，在这里得到了最充分的体现。三十年岁月的磨砺，在聚会时使我们更能体会到同学的情意最真、老师的爱最浓。大家满怀喜悦，欢聚一堂，在一起有喝不完的酒、有说不完的话，听听久违的声音，看看久违的面孔，说说离别的思绪。大家深情追忆过去的岁月，细细品味人生的酸甜苦辣，慢慢检点刻骨铭心的成败得失，相互倾诉各有千秋的人生华章。美妙的聚会时光充满欢笑、充满温馨。

最后，祝我们的母校各项事业蒸蒸日上！祝我们的老师健康快乐，吉祥如意！祝所有的同学身体健康，事业顺利，平安快乐！

29

美女你好

2014 年 10 月于赣州

美不胜收①陡水②楼，
女中豪杰写春秋。
你若芙蓉③映明月，
好似朝霞永无愁。

注释：

①美不胜收：形容好东西、美景多得看不过来；艺术品太美而目不暇接。清·钱泳《履园丛话·艺能·治庖》："惟鱼之一物，美不胜收。"

②陡水：指赣州陡水湖，现称阳明湖。阳明湖风景区又称上犹江水库，位于江西省上犹县陡水镇，是国家 AAAA 级景区，地跨上犹、崇义两县，是赣南最大的丰厚水资源区地，水域面积达 3100 万平方米，蓄水量 8 亿多立方米，森林面积 34 万亩。

③芙蓉：全名为木芙蓉，别名有芙蓉花、拒霜花、木莲、地芙蓉、华木、酒醉芙蓉，锦葵科、木槿属落叶灌木或小乔木。花梗和花萼均密被星状毛与直毛相混的细绵毛。叶宽卵形至圆卵形或心形，先端渐尖，具钝圆锯齿，上面疏被星状细毛和点，下面密被星状细绒毛。花初开时为白色或淡红色，后变深红色，直径约 8 厘米，花瓣近圆形，疏被毛。蒴果扁球形，被淡黄色刚毛和绵毛。种子肾形，背面被长柔毛。花期 8—10 月。芙蓉花花大色丽，为我国久经栽培的园林观赏植物。

后记：

2014 年 10 月，为高中同学微信群群主陈健鸣同学作。

30

贺连荣李晴晴新婚大喜

2014 年 2 月 22 日于赣州风波庄酒店

连理比翼^①惜良宵，

容(荣)光焕发^②筑爱巢。

李桃芬芳^③花正艳，

晴云秋月^④德化^⑤蛟。

注释：

①连理比翼：常比喻恩爱夫妻。也比喻情深谊厚、形影不离的朋友。连理：连理枝，指两棵树的枝干合生在一起。连理枝在自然界中是罕见的。比翼：比翼鸟，中国古代传说中的鸟名，又名鹣鹣、蛮蛮，此鸟雌雄须并翼飞行。

②容光焕发：形容身体好，精神饱满。容光：脸上的光彩。焕发：光彩四射的样子。清·蒲松龄《聊斋志异·阿绣》："母亦喜，为女盥濯，竟妆，容光焕发。"

③李桃芬芳：桃李芬芳。桃树、李树的花或果实的香味。指老师培养的学生很有成就。《赠太师中书令鲁国曾宣靖公挽词二首》："星辰掩霭移天上，桃李芬芳满世间。"

④晴云秋月：晴空飘浮的白云，秋高气爽时的明月。比喻人胸襟高洁明朗。《宋史·文同传》："与可襟韵洒落，如晴云秋月，尘埃不到。"

⑤德化：德化县，隶属福建省泉州市，位于福建省中部、泉州市西北部，是我国陶瓷文化发祥地和三大古瓷都之一。

后记：

祝贺地质081班陈连荣、李晴晴同学天作之合。他们在福建德化结婚。

31

资环大合唱

2017 年 1 月 6 日

稀(希)侬①梦别二重山，

忘(望)言之契②奖嘉彰。

田原飞雪一枝绿，

野渡疾风③名草香。

注释：

①稀依：依稀。印象、记忆模模糊糊。清·蒲松龄《聊斋志异·褚生》："题句犹存，而淡墨依稀，若将磨灭。"

②忘言之契：指彼此以心相知，不拘形迹。忘言：无须语言说明。契：意气相投。《晋书·山涛传》："与嵇康、吕安善，后遇阮籍，便为竹林之交，著忘言之契。"

③疾风：猛烈的风。

后记：

2017 年 1 月 6 日，校大合唱比赛，资源与环境工程学院的节目《在希望的田野上》获二等奖第一名。

32

祝福唐老师

2017 年 1 月 4 号

唐正严谨^①师德风，
敏而好学^②立首功。
康庄大道^③资环路，
好山好水^④育新松。

注释：

①严谨：形容态度严肃谨慎。《西游记》第十回："博弈之道，贵乎严谨。"

②敏而好学：天资聪明而又好学。敏：聪明。好：喜好。《论语·公冶长》："子贡问曰：'孔文子何以谓之文也？'子曰：'敏而好学，不耻下问，是以谓之文也。'"

③康庄大道：宽阔平坦的大路。比喻光明美好的前途。西汉·司马迁《史记·孟子荀卿列传》："于是齐王嘉之，自如淳于髡以下，皆命曰列大夫，为开第康庄之衢，高门大屋，尊宠之。"《尔雅》："四达谓之衢，五达谓之康，六达谓之庄。"

④好山好水：多指祖国优美的山水。

后记：

2017 年初，在唐敏康老师退休欢送会上所作。

33

祝资环同学考研成功

2016 年 12 月 23 日

孜(资)孜不倦①考绩②开，

还(环)淳反朴③研宏埃④。

同心协力⑤成竹⑥里，

学以致用⑦功自来。

注释：

①孜孜不倦：工作或学习勤奋不知疲倦。孜孜：勤勉，不懈怠。通常指教师或学生工作或学习勤奋不知疲倦。《尚书·君陈》："惟日孜孜，无敢逸豫。"

②考绩：按一定标准考核官吏的成绩；考绩的记录；考核工作成绩。《尚书·舜典》："三载考绩。三考，黜陟幽明。"茅盾《八十自述》诗："课儿攻书史，岁终勤考绩。"

③还淳反朴：回复到人本来的淳厚、朴实的状态或本性。《梁书·明山宾传》："处士阮孝绪闻之，叹曰：'此言足使还淳反朴，激薄停浇矣。'"

④宏埃：指专业上的广博。宏：宏大，远大，深远。埃：原意为尘土、灰尘，本诗指光谱线的单位，表示光谱线的宽窄。

⑤同心协力：团结一致，共同努力。心：思想，目标。协：合。汉·贾谊《过秦论》："且天下尝同心并力攻秦矣，然困于险阻而不能进者，岂勇力智慧不足哉？"

⑥成竹：成竹在胸。画竹前竹子的完美形象已在胸中。比喻处理事情之前已有完整的谋划打算。成竹：现成、完整的竹子。宋·苏轼《文与可画筼筜谷偃竹记》："故画竹，必先得成竹于胸中，执笔熟视，乃见其所欲画者，急起从之，振笔直遂，以追其所见，如兔起鹘落，少纵则逝矣。"

⑦学以致用：为了实际应用而学习。

后记：

为资源与环境工程学院的学子考研加油所作。

34

欢迎周老师

2017 年 1 月 8 日

周文王巡渭水①东，
科考及第②衡阳中。
平阳景冈拓林水，
好兆双杯缘谊衷。

注释：

①渭水：传说姜子牙在渭水钓鱼。晋·符朗《符子·方外》："太公涓钓于隐溪，五十有六年矣，而未尝得一鱼。鲁连闻之，往而观其钓焉。太公涓踞而隐崖，不饵而钓，仰咏俯吟，及暮而释竿。"

②及第：指科举考试应试中选，因榜上题名有甲乙次第，故名。隋唐只用于考中的进士，明清殿试之一甲三名称为赐进士及第，省称及第，也有状元及第、榜眼及第、探花及第之称。

后记：

2017 年 1 月 8 日与赵院长等人欢迎中南大学周科平教授来我院讲学午餐时作。周科平，湖南衡阳人氏。江南渔坊的一道菜有景阳冈旗、拓林湖的鱼。当时周教授左边坐的是赵院长，右边是赵康老师。

35

贺亚星程晨

2016 年 12 月 16 日

亚肩叠背①抚水②长，
星眸皓齿③州海旁。
程朱之学④乐连理，
晨花夕月⑤平霄阳。

注释：

①亚肩叠背：肩压肩，背挨背。形容人多拥挤。明·施耐庵《水浒传》第二十三回："武松在轿上看时，只见亚肩叠背，闹闹穰穰，屯街塞巷，都来看迎大虫。"

②抚水：抚河，位于江西省东部，是鄱阳湖水系主要河流之一，发源于武夷山脉西麓广昌县驿前乡的血木岭，主支盱江为上游，抚州以下为下游，过柴埠口后抚河进入赣抚平原。

③星眸皓齿：明亮的眼睛，洁白的牙齿。形容女子容貌美丽。比喻美女。眸：眼珠。皓：白的样子。

④程朱之学：指宋代程颢、程颐、朱熹的理学。《元史·儒学传一·赵复》："北方知有程朱之学，自复始。"

⑤晨花夕月：月夕花晨。指良辰美景。清·蒲松龄《聊斋志异·局诈》："程为人风雅绝伦，议论潇洒，李悦焉。越日折柬酬之，欢笑益洽。从此月夕花晨，未尝不相共也。"

后记：

学生吴亚星为抚州人，程晨为乐平人。贺二人结婚大喜所作。

36

贺李栋赖华

2015 年 9 月 20 日

李白桃红①山翠净，
栋梁之材②西晋开。
赖叔颖公③石榴簇，
花(华)成蜜就④城佑来。

注释：

①李白桃红：桃花红，李花白。指春天美好宜人的景色。唐·羊士谔《山阁闻笛》诗："李白桃红满城郭，马融闲卧望京师。"

②栋梁之材：能做房屋大梁的木材。比喻能担当国家重任的人才。栋：脊檩，正梁。南朝宋·刘义庆《世说新语·赏誉》："庾子嵩目和峤：'森森如千丈松，虽磊砢有节目，施之大厦，有栋梁之用。'"

③赖叔颖公：叔颖，姬姓，名颖，周朝诸侯国赖国始封君、赖姓始祖。武王令叔颖率兵与诸侯讨伐无道之纣王，叔颖功成退居河南省赖地，武王封其赖国。后世子孙为纪念先祖创业，乃以国名赖为姓，国土颍川为号，尊叔颖为赖氏一世祖。

④花成蜜就：比喻好事圆满地完成或实现。明·无名氏《逞风流王焕百花亭》第二折："再休题愁除病减，花成蜜就，叶落归根。"

后记：

李栋是山西人，赖华是江西省石城县人，贺赖老师、李老师新婚大喜所作。

37

不忘初心　奋勇前行

谱写研究型学院的新华章
资源与环境工程学院新年献词

2017 年 2 月 24 日

猴奋勇创辉煌业，金鸡报喜入云端。

海纳百川招贤士，学术队伍底蕴强。

国外研修绘远景，师资培训提升忙。

重点平台喜验收，服务外延拓展宽。

学科方向精凝练，深化改革实力夯。

国家基金超十项，联合基金黄震掌。

发明专利十二件，高档论文七十章。

产研结合五省奖，科研有为实兴邦。

迎评促建出成效，教书育人捷报传。

数学建模获国奖，创新创业磐石安。

实教平台国立项，教材出版繁简删。

本硕就业十过九，考研升学基础广。

于都红军长征渡，健行百里汗滴淌。

资环学子毅如铁，红军精神永传扬。

辩论足球运动会，拼搏夺冠争荣光。

依稀梦别二重山，望言之契奖嘉彰。

田原杨柳一枝绿，野渡春风名草香。

立德树人桃李芳，师生奋发意志刚。

天道酬勤结硕果，谱写资环新华章。

后记：

2017 年 2 月 24 日，为资源与环境工程学院作新春贺词。

附：学院 2017 年新春贺词

　　值此 2017 年春节来临之际，我们谨代表资源与环境工程学院党委、行政，向全体教职员工致以崇高的敬意！向在我院工作过的离退休老教师致以亲切的问候！向我院学子送上美好的祝愿！向长期关心、支持我院发展的各级领导、各届校友及各界人士表示衷心的感谢！

2016 年在校党委、行政的正确领导下，学院深入学习贯彻习近平总书记系列重要讲话精神，以"强化师资水平提升、确保人才培养质量"为重点，深化改革、转型发展，坚持教学中心地位，提升质量；坚持科研自主创新，提升水平；坚持矿业文化精神，提升素质，在各项工作中均取得了可喜成绩。

在学术队伍建设方面，引进博士 7 人；获国务院特殊津贴 1 人、江西省"百千万人才工程"1 人、全国有色金属优秀青年科技者奖 1 人；具有海外访学研修资格 8 人，赴国外研修 2 人，参加师资培训 33 人次，参加工程实训 11 人。目前，学院具有博士学位的教师占 53.7%，为研究型学院奠定了坚实的人才队伍基础。

在学科建设方面，江西省矿冶环境污染控制重点实验室顺利通过省科技厅验收评估，江西省矿业工程重点实验室、江西省稀土资源高效利用重点实验室顺利通过年度考核，江西省爆破工程技术研究中心成功获批，组织完成了钨资源高效开发国家级重点实验室申报工作。组织了矿业工程、环境科学与工程、安全科学与工程三个一级学科参加全国学科评估，凝练了学科方向。获批 1 个"江西省示范性研究生联合培养基地"。主（承）办了全国矿物加工前沿技术与装备大会、全国静电学术会议、《中国大百科全书·矿冶卷》选矿分支编委工作会议；邀请了 10 名国内外专家来院讲学；参加学术交流 20 余人次。

在科学研究方面，科研由"工程应用"向"基础研究"转型发展效果明显。学院获批国家自然科学基金 11 项，首次突破联合基金，累计获国家级项目 18.5 项；纵向立项经费首次超过横向，新增到款经费 1847.90 万元。获省部级科技奖 5 项，授权发明专利 12 项，出版专著 1 部，发表高档次论文 67 篇，期刊检索论文数量是 2015 年的 1.5 倍。

在教学与育人方面，招收博士 6 人，校级研究生教改课题获批 8 项，获江西省研究生优质课程 2 门，校级研究生优质课程 1 门。获研究生数学建模大赛国奖 1 项；获第二届江西省"互联网＋"创新创业大赛银奖、铜奖各 1 项，同时获得国家铜奖 1 项；获批研究生创新专项基金 45 项。以审核评估为契机，进一步强化本科教学中心地位，开展了集体备课、多媒体课件和教案评比、示范教学、教学竞赛等活动。获江西省 2016 年青年教师教学竞赛优胜奖 1 人；获学校课程教学"十佳百优"教师 1 人；获校教学技能竞赛二等奖 1 项，三等奖 1 项。深入推进卓越工程师培养计划和专业认证工作；出版教材 1 部；申报了 3 项省级教学成果奖。实验室建设"矿冶环境安全创新实验教学平台"已获国家立项。

强化了就业、考研指导与服务工作，成效显著。本科一次就业率达到 91.80%，硕士生一次就业率为 90.6%。考研升学率为 26.20%，全校第一。考研报考率为 68.22%，比上届增长 22.77%。全校第一。

加强矿业特色人才培养，浓厚校园文化育人氛围。举办了"矿业人生"讲座、学术报告及学术论文竞赛、矿石鉴别大赛等系列特色活动。在"挑战杯"、"中国创翼"、全国节能减排、全国采矿实践作品、全省青年创业创新等各类竞赛中获国家级、省部级奖项累计 126 人次。获学校辩论赛冠军、足球赛冠军、运动会本科生男子组和女子组团体总分第一名等各类集体项目冠军十余项；在"一二·九"大合唱比赛中本科生获一等奖；获学校各类比赛优秀组织奖 8 项。

学院在暑期社会实践中荣获 2 项全国奖，1 个项目被团中央评为全国"团建优品汇"百强项目，矿加142团支部获评全国"活力团支部"。在江西省教育厅有关学生工作先进评比中，获全省一等奖、三等奖各1项，被评为全省五四红旗团支部；1名同学被评为全省第五批"雷锋哥(姐)"。

在宣传工作方面，学院在江西卫视、江西日报、中新社、人民网、光明网、环球网等校外主流媒体共发表外宣稿件300余篇，其中国家级稿件38篇，是2015年的3倍多。

在党风廉政、师德师风建设方面，学院扎实开展"两学一做"学习教育，党员的思想认识得到了提高，党委的政治核心作用、支部的战斗堡垒作用和党员的先锋模范作用得到了发挥。学院严格落实"两个责任"，严格执行"三重一大"制度，严格遵守财经纪律，严格执行"八项规定"精神和"六项禁令"。做实师德师风工作，以"两学一做"、审核评估为契机，培养教师的大局观念和进取精神。扎实做好了安全稳定与综治工作。建立了"青年教师帮扶制度"，开展了"青年教师科研导师制""青年教师教学能力提升计划""青年教师实践能力提升计划"。

2016年学院涌现了一大批育人、教学和科研典型教师代表。王晓军老师入选江西省"百千万人才工程"人选，赵奎老师获国务院特殊津贴，吴彩斌、余新阳老师正在国外进修访学，王晓军、冯博、杨秀丽等老师获校青年清江学者支持计划，王晓军老师获全国有色金属优秀青年科技者奖，杨秀丽、冯博、艾光华、丁元春、陈云嫩等老师发表高水平论文数量保持学院领先地位。

2016年学院成绩的取得是所有师生共同努力得到的。让我们向先进代表学习，让我们向更多的默默工作、无私奉献、为获得这些成绩站在幕后辛劳的老师们学习！

把酒当歌歌盛世，闻鸡起舞舞新春。2017年，站在新起点，海阔天空；面对新任务，任重道远。我们将豪情满怀、信心坚定、斗志高昂、热情饱满地扬帆起航，向建设特色鲜明的研究型学院不断迈进，谱写出资环人的华美乐章！

衷心祝愿全院师生身体健康，事业有成，学业进步，幸福安康！新年快乐，万事如意！

资源与环境工程学院
2017 年 2 月 24 日

38

猴年吉祥

2016 年春节

猴腾瑞气毓秀钟①，
年纳福寿志鹄鸿②。
吉人天佑蟠桃趣，
响(祥)遏行云③和日风④。

注释:

①毓秀钟:毓秀钟灵。凝聚了天地间的灵气,孕育着优秀的人物。指山川秀美,人才辈出。钟:凝聚,集中。毓:产生,孕育。清·曹雪芹《红楼梦》第三十六回:"亦且琼闺绣阁中亦染此风,真真有负天地钟灵毓秀之德!"

②志鹄鸿:鸿鹄之志。大雁和天鹅之志向。比喻志向远大。鸿鹄:大雁和天鹅。《史记·陈涉世家》:"嗟乎!燕雀安知鸿鹄之志哉!"

③响遏行云:声音高入云霄,阻住了云彩飘动。形容歌声嘹亮。响:声音。遏:阻止,使停止。行云:飘动的云彩。

④和日风:风和日丽。和风习习,阳光灿烂。形容晴朗暖和的天气。元·李爱山《集贤宾·春日伤别》:"那时节和风丽日满东园,花共柳红娇绿软。"

后记:

2016 年春节作。

39

羊年吉祥

2015 年 2 月 18 日春节

羊三开泰①万春桃，
年深日久②事义高。
吉日良辰③如心丛，
祥云瑞彩④意辉昭⑤。

注释：

①羊三开泰：三羊开泰。即三阳开泰，意思是动则升阳、善能升阳、喜能升阳，是称颂岁首的吉祥语。《易·泰》："泰，小往大来，吉亨。"《宋史·乐志》："三阳交泰，日新惟良。"

②年深日久：形容时间久远。元·李行道《灰阑记》第二折："我老娘收生，一日至少也收七个八个，这等年深岁久的事，那里记得。"

③吉日良辰：美好的时辰，吉利的日子。吉：吉利。良：好。辰：时日。战国楚·屈原《九歌·东皇太一》："吉日兮辰良，穆将愉兮上皇。"

④祥云瑞彩：旧时认为天上彩色的云气象征吉兆。明·无名氏《鱼篮记》第四折："你看俺佛门现万道金光，满天现祥云瑞彩也。"

⑤辉昭：光芒明亮、显著。辉：光芒，光辉。昭：明亮，显著。

后记：

2015 年 2 月春节作。

40

马年吉祥

2014 年 1 月 30 日春节

马到成功①鸿运中，

年年有鱼②七彩虹。

吉星高照③轩昂器，

祥云瑞气④异彩丰。

注释：

①马到成功：征战时战马一到便获得胜利。比喻成功迅速而顺利。元·郑廷玉《楚昭公》："管取马到成功，奏凯回来也。"

②年年有鱼：意为年年有余。中国传统吉祥祈福语之一，代表生活富足，每年都有多余的粮食及财富。

③吉星高照：吉祥之星高高照临。吉星：指福、禄、寿三星。

④祥云瑞气：旧时认为天上彩色的云气为吉祥的征兆。亦作祥云瑞彩。明·无名氏《紫微宫》第四折："您看这祥云瑞气，晓日和风，端的是太平佳兆也呵。"

后记：

2014 年 1 月 30 日在章江冬泳时所作。

41

祝蔡美峰新年快乐

2017 年 2 月于赣州

著(祝)述等身①新浪头，

蔡师吉星年华秋。

美文不言②快③五岳，

峰回路转④乐江楼。

注释：

①著述等身：写的书摞起来和自己的身高相等。形容著作极多。著述：编写的著作。清·纪昀《阅微草堂笔记·滦阳消夏录一》："自是以外，虽著述等身，声华盖代，总听其自贮名山，不得入此门一步焉，先圣之志也。"

②美文不言：只做不说，谦虚低调。

③快：快意。表示内心瞬间放松，心里很高兴。形容愉悦畅快的心情。

④峰回路转：形容山峰、道路曲折迂回。比喻事情经历挫折、失败后，出现新的转机。也指转折点。北宋·欧阳修《醉翁亭记》："峰回路转，有亭翼然临于泉上者，醉翁亭也。"

后记：

2017年2月4日中午，学院于赣州滨江楼设便宴欢迎蔡美峰院士，席间即兴之作。

42

袁子婷好

2015 年 1 月

援(袁)笔立成①河流东，
子曰诗云②北斗中。
亭(婷)亭玉立③衡清荷，
好梦成真水迎风。

注释：

①援笔立成：拿起笔立刻写成。形容才思敏捷。亦作援笔成章、援笔而就。援笔：拿笔。《三国志·魏志·陈思王植传》："时邺铜爵台新成，太祖悉将诸子登台，使各为赋。植援笔立成，可观，太祖甚异之。"

②子曰诗云：泛指儒家言论。子：指孔子。诗：指《诗经》。曰、云：说。元·宫大用《范张鸡黍》第一折："我堪恨那伙老乔民，用这等小猢狲，但学得些妆点皮肤，子曰诗云。"

③亭亭玉立：形容女子身材细长。也形容花木等形体挺拔。《北齐书·徐之才传》："自云初见空中有五色物，稍近，变成一美妇人，去地数丈，亭亭而立。"

后记：

2015 年 1 月 7 日将自编教材《地质灾害防治》赠地质专业 2011 级第一名袁子婷同学。袁子婷是河北衡水人。

43

赠赵刘老师

2017 年 4 月 18 日

赵瑟秦筝①六韬略②，

奎步千里安泰山。

明眸聪贤③南山惠，

芳年华月康达庄。

注释：

①赵瑟秦筝：秦筝赵瑟。秦国的筝和赵国的瑟。泛指名贵的乐器。南朝宋·鲍照《代白纻舞歌辞四首》之二："雕屏匼匝组帷舒，秦筝赵瑟挟笙竽。"

②六韬略：六韬三略。姜太公六韬中，文韬第一，武韬第二，龙韬第三，虎韬第四，豹韬第五，犬韬第六；黄石公三略为上略、中略、下略。指中国古代重要的军事著作。后泛指兵书、兵法。

③聪贤：指女性心地善良、聪明、通情达理。

后记：

2017 年 4 月 18 日在我的专著《挤扩支盘桩承载机理与应用研究》上写此小诗赠赵奎刘明芳伉俪。赵奎为安徽六安人，刘明芳为江西南康人。

贺资环学院考研取得好成绩

2017 年 4 月 28 日

百川归海^①旭日升，

七步之才^②萤窗^③尊。

三余读书^④学风劲，

五车腹笥^⑤桃李春。

注释：

①百川归海：许多江河流入大海。比喻大势所趋或众望所归。也比喻许多分散的事物汇集到一个地方。川：江河。《淮南子·汜论训》："百川异源，而皆归于海。"

②七步之才：有七步成诗的才能。比喻人有才气，文思敏捷。南朝宋·刘义庆《世说新语》："文帝尝令东阿王七步中作诗，不成者行大法。应声便为诗曰：'煮豆持作羹，漉菽以为汁。萁在釜下然，豆在釜中泣。本自同根生，相煎何太急！'"

③萤窗：晋人车胤以囊盛萤，用萤火照书夜读。形容勤学苦读。亦借指读书之所。

④三余读书：充分利用一切空余时间读书。《三国志·魏志·王肃传》裴松之注引《魏略》："从学者云：'苦渴无日。'遇言：'当以三余。'或问三余之意，遇言：'冬者岁之余，夜者日之余，阴雨者时之余也。'"

⑤五车腹笥：比喻读书多，学识渊博。笥：书箱。

后记：

2017年4月28日从资环QQ群得知资环学院报考研究生的学子已被录取170人，升学率35.2%，非常高兴，写此小诗以贺。

45

赠李韶雨老师

2017 年 5 月 3 日

李花白树^①上千娇，

韶华聪睿^②绕(饶)^③云霄。

雨顺风调^④美梦续，

好梦常圆女辉昭^⑤。

注释:

①李花白树:一树李花圣洁如雪。唐·李白《李花》:"春国送暖百花开,迎春绽金它先来。火烧叶林红霞落,李花怒放一树白。"

②聪睿:聪明睿智。

③绕:此处借其谐音。

④雨顺风调:风雨及时、适宜。形容风雨适合农时。调:调和。顺:和谐。《六韬》:"既而克殷,风调雨顺。"

⑤辉昭:光芒明亮、显著。辉:光芒,光辉。昭:明亮,显著。

后记:

2017年5月在《挤扩支盘桩承载机理与应用研究》上题诗赠李韶雨老师。李韶雨老师是江西上饶人。

46

祝孩子们旗开得胜马到成功

2017 年 6 月 6 日

旗帜招展马蹄张，

开门见红①到考场。

得意桃李成正果，

胜利凯歌功名②扬。

注释:

①开门见红:一开大门进入家里即能见到红色。中国传统认为红色代表喜庆,它给人一种喜气洋洋、温暖如春的感觉。

②功名:旧指科举称号或官职名位。泛指功业和名声。《史记·管晏列传》:"吾幽囚受辱,鲍叔不以我为无耻,知我不羞小节而耻功名不显于天下也。"

后记:

2017年6月6日下午6点26分,在江西理工大学体育场跑到第666米时作此小诗,为孩子们加油助威。

2017年赣州地区理工科状元为信丰县中学的一考生,总分为666分。

47

祝地质一三鹏程万里

2017 年 6 月 4 日

地灵人杰①鹏举双，
质疑②解惑③程朱④庄。
一帆风顺⑤万舸竞，
三叠阳关⑥里辉煌。

注释：

①地灵人杰：指有杰出的人降生或到过，其地也就成了名胜之区。灵：好。杰：杰出。唐·王勃《滕王阁序》："人杰地灵，徐孺下陈蕃之榻。"

②质疑：提出疑问。《管子·七臣七主》："芒主通人情以质疑，故臣下无信，尽自治其事。"

③解惑：解除疑难。唐·韩愈《师说》："古之学者必有师。师者，所以传道受业解惑也。"

④程朱：宋代理学家程颢、程颐兄弟和朱熹的合称。因他们三人提倡性理之学，成一学派，故后人以"程朱"代指这一学派。清·赵翼《后园居诗》："言政必龚黄，言学必程朱。"

⑤一帆风顺：船挂着满帆顺风行驶。比喻非常顺利，没有任何阻碍。唐·孟郊《送崔爽之湖南》："定知一日帆，使得千里风。"

⑥三叠阳关：《阳关三叠》。古琴曲，又名《阳关曲》《渭城曲》，是根据唐代诗人王维的七言绝句《送元二使安西》谱写的一首著名古曲。

后记：

2017年6月4日晚在蓝璞酒店2013级地质工程专业毕业酒会讲话时所作。

48

感怀三中　师恩难忘

2017 年 8 月 10 日上午 11：20

感人肺腑①师德高，
怀瑾握瑜②恩义昭。
三生有幸③难言表，
中流砥柱④忘我娇。

注释:

①感人肺腑:形容人的内心被深深感动。肺腑:指内心深处。唐·刘禹锡《唐故相国李公集纪》:"今考其文至论事疏,感人肺腑,毛发皆竦。"

②怀瑾握瑜:比喻人具有纯洁高尚的品德。怀:怀藏。握:手握。瑾、瑜:美玉,比喻美德。战国楚·屈原《楚辞·九章·怀沙》:"怀瑾握瑜兮,穷不知所示。"

③三生有幸:三世都很幸运。比喻非常幸运。三生:佛家指前生、今生、来生。幸:幸运。元·王实甫《西厢记》:"今能一见,是小生三生有幸矣。"

④中流砥柱:像屹立在黄河急流中的砥柱山一样。比喻坚强独立的人能在动荡艰难的环境中起支柱作用。《晏子春秋·内篇谏下》:"吾尝从君济于河,鼋衔左骖,以入砥柱之中流。"

后记:

2017 年 8 月 10 日上午作此诗发于赣州市三中 2017 届高三(2)班家长微信群。

49

贺鄢泰宁老师七十大寿

2015 年 8 月

七尺之躯①鄢映江，

十全十美②泰北山。

大笔如椽③宁静语，

寿比南山④好事环。

注释:

①七尺之躯:成年男子的身躯。躯:身体。

②十全十美:十分完美,毫无欠缺。《周礼·天官冢宰下·医师》:"岁终,则稽其医事,以制其事,十全为上,十失一次之。"

③大笔如椽:像椽子那样大的笔。原指夸赞别人文笔雄健有力或文章气势宏大。现多指大作家、大手笔。椽:放在檩子上架着屋顶的木条。清·陈恭尹《观唐僧贯休画罗汉歌》:"大笔如椽指端搅,贝叶行间才数点。"

④寿比南山:寿命像终南山一样长久。用于对老年人的祝颂。《诗经·小雅·天保》:"如月之恒,如日之升,如南山之寿。"

后记:

2015年8月鄢泰宁老师七十大寿,因我不能到武汉参加,作此小诗贺鄢老师。

50

祝郭晟李韶雨爱河永浴

2017 年 11 月 9 日

郭李同舟①爱相从，
晟②辉赣州河映虹。
韶光淑气③永颖慧④，
雨润上饶浴春风。

注释:

①郭李同舟:李郭同舟。比喻知己相处,不分贵贱,亲密无间。《后汉书·郭太传》中载其事。

②晟:旺盛,兴盛;光明。

③韶光淑气:春天的美好景象。韶光:美好的时光。淑:美好。唐·李世民《春日玄武门宴群臣》诗:"韶光开令序,淑气动芳年。"

④颖慧:聪颖,聪慧;聪明而有天分。南朝梁·陶弘景《〈相经〉序》:"或颖慧若神,仅至龆龀;或不辨菽麦,更保黄耇。"

后记:

郭晟老师是江西赣州人,李韶雨老师是江西上饶人。2017年11月9日写此小诗贺两位老师结婚大喜。

51

申博成功 资环大喜

2018 年 1 月 9 日

申旦达夕^①资籍^②足，

博学笃志^③环雀珠^④。

成城断金^⑤大鹏展，

功当其事^⑥喜望舒。

注释：

①申旦达夕：自夜至晨，自晨到夜。形容日夜不止。《梁书·张缵传》："简宪之为人也，不事王侯，负才任气，见余则申旦达夕，不能已已。"

②资籍：资格；履历；资源；物资。《南史·张绪传》："长沙王晃属选用吴郡闻人邕为州议曹，绪以资籍不当，执不许。"

③博学笃志：广泛学习且意志坚定。笃：忠实，一心一意。《论语·子张》："博学而笃志，切问而近思，仁在其中矣。"

④环雀珠：蛇珠雀环。古代神话传说故事。隋侯外出时，看见一条大蛇受伤从中间断开，他给蛇上药救了蛇一命。第二年大蛇衔一颗明珠来报答他。杨宝幼年时，看见一只黄雀被猫头鹰击伤，杨宝将黄雀带回家疗伤，黄雀伤好后就飞走了。第二天有一个黄衣童子拿四枚白玉环来报答他。

⑤成城断金：指万众一心，力量无比强大。成城：团结得像城堡一样坚固。断金：力量大得能折断金属。《国语·周语下》："故谚曰：众心成城，众口铄金。"

⑥功当其事：做事所取得的功效符合其目的。《韩非子·二柄》："故群臣陈其言，君以其言授其事，事以责其功。功当其事，事当其言，则赏；功不当其事，事不当其言，则诛。"

后记：

2018年1月9日，得知我校矿业工程博士点申报已获公示，成功在望，欣喜之余，作此小诗以贺。

52

砥砺奋进　拼搏进取

努力实现研究型学院的新跨越
资源与环境工程学院新年献词

2018 年 2 月 10 日

资孜不息金沙湾，

环语笑颜学研忙。

师德师风重立德，

生龙活虎桃李芳。

春风化雨育人强，

节心尽意多主张。

愉意深长崇笃志，

快马加鞭谱华章。

后记:

2018年2月10日,为资源与环境工程学院作新春贺词。

附:2018年学院新春贺词

黄耳传捷携旺运,红梅傲雪证初心。值此2018年春节来临之际,我们谨代表资源与环境工程学院党委、行政,向全体教职员工致以崇高的敬意!向在我院工作过的离退休老教师致以亲切的问候!向我院学子送上美好的祝愿!向长期关心、支持我院发展的各级领导、各届校友及各界人士表示衷心的感谢!

2017年在校党委、行政的正确领导下,学院深入学习贯彻习近平总书记系列重要讲话精神,以人才培养为中心,紧扣学科建设主题,夯基础、强特色,扎实推进重点工作,在各项工作中均取得了可喜成绩。

境外研修结硕果,人才引培见成效

在学术队伍建设方面,引进博士8人,其中中科院百人计划1名、外籍教师1名。新增国家"万人计划"领军人才1名,百千万人才工程国家级人选1人,赴境外研修4人,境外研修回国2人,师资培训20人次,工程实训17人次,清江人才达到10人。目前,学院具有博士学位的教师达59人,占教职工总数的57.28%,为研究型学院奠定了坚实的人才基础。

"一院一技"力推进,学科建设有提升

在学科建设方面,江西省稀土资源高效利用重点实验室以优秀成绩通过验收,协助完成了国家离子型稀土资源高效开发利

用、南方离子型稀土资源开发及应用 2 个平台的验收，组织申报了省部共建国家重点实验室和全国工程专业学位研究生联合培养示范基地。围绕"一院一技"获批国家级项目 5 项，建成了矿山可视化远程在线监测系统。组织了矿业工程博士点和江西省一流学科申报工作，矿业工程成为江西省首批一流学科(成长学科)。主办和承办了中国矿业科技大会、钨与稀土等国家战略资源开发利用与可持续发展博士后论坛、全国矿业学科发展基础研究中青年学者学术研讨会等 4 个有影响的学术会议，邀请了瑞典 Rolf 教授等 20 余名国内外专家来院讲学，参加国内外学术交流 80 余人次。

基础研究稳中进，科研项目持继增

在科学研究方面，国家自然科学基金连续 3 年保持为 10 项，在面上项目和"十三五"重大专项子课题上均有收获；获批江西省科技创新重点项目"5511"工程 3 项，纵横向立项数量和经费较前两年显著回升。科技奖励、发明专利和高水平论文继续保持良好发展趋势，获省部级科技奖 5 项，其中省部级一等奖 1 项；授权发明专利 14 项，SCI 收录论文 18 篇，EI 收录论文 15 篇。

全员育人重质量，教学改革促发展

在教学与育人方面，立足培养质量，研究生工作有新发展。招收博士 6 人，在读博士达 16 人；招收全日制硕士 80 人。获批校级教改课题 11 项，省级教改课题 3 项，中国学位与研究生教育学会教改课题面上项目 1 项，江西省研究生优质课程 2 门。A 类出版社出版教材 2 部。获江西省研究生教学成果一等奖 1 项。获全国大学生英语竞赛国奖一等奖 1 项，其他竞赛国奖三等奖 3 项，省部级科技竞赛及论文竞赛获奖 19 项，校级各类奖项 12 项。

本科教学中心地位得到巩固和较大提升，注重教学质量提升。获江西省青年教师教学竞赛优胜奖 1 项，全国高校采矿工程青年教师讲课竞赛二等奖 1 项，全国大学青年教师地质课程教学比赛二等奖 1 项、三等奖 1 项，获全国大学青年教师地质课程教学比赛优秀组织奖，校青年教师教学技能竞赛一等奖、二等奖和三等奖各 1 人。不断推进教学改革，发表教改论文 8 篇，出版教材 3 部，获江西省教学成果二等奖 1 项。国内外交流取得新进展，多人赴中南大学、昆明理工大学及加拿大劳伦森大学学习和交流。实践教学得到加强，新增实习基地 2 个。

以生为本勤培育，考研就业绩显著

强化了就业、考研指导与服务工作，成效突出。2017 届毕业生考研升学率为 35.2%，全校排名第一；2018 届毕业生考研报考率为 79.23%，为历史之最。2017 届毕业生核查后一次就业率为 93.37%，校本部排名第一。出台了硕士生考博的导师和学生联动激励措施，2017 届考博率 15%，硕士生一次就业率为 95%，为近 5 年来的最好成绩。

矿业文化新举措，桃李芬芳增光彩

在"挑战杯"、全省青年创业创新竞赛等各类竞赛中取得优异成绩，第三届"互联网＋"大学生创新创业大赛中获国家铜奖 1 项、省级银奖 1 项，获国家级、省部级奖项累计 181 人次，获奖率为 13.84%。荣获阳光操第一名、校园文化艺术节舞蹈大赛一等奖、戏曲大赛一等奖、大学生运动会本科生优秀组织奖第一名等，各类集体项目冠军(一等奖)达十余项。矿加 142 班荣获全国活力团支部称号。连续两年获得暑期社会实践中荣获全国最具影响好项目。"疆爱团队"荣获全省龚全珍式向上向善好集体。1 人荣获第八届江西省青年志愿服务优秀个人奖。

在宣传工作方面，宣传工作质与量均有大幅提升。在中新社、人民日报海外网、人民网、江西卫视、江苏卫视等主流媒体共发表外宣稿件300余篇，其中报刊电视类30余篇，是2016年的2倍。一篇外宣动态被共青团中央QQ转发，阅读量超过10万次。

党建引领指航向，立德树人塑新风

在党建方面，加强思想建设，"两学一做"常态化制度化，探索了多支部联合学习方式，成立了3个宣讲团，3个党支部开展示范观摩会，确保实现党的十九大精神学习全覆盖。完成了党组织换届、支部优化设置。2个党支部被评为先进党支部，3人被评为优秀共产党员，1人被评为优秀党务工作者。获全省党建工作优秀案例二等奖1项，获省级党建项目1项，1项作品参加第二届全国高校"两学一做"支部风采展示活动。创建"矿业先锋"党建微信平台，打造"智慧体"学习资源库，在学生宿舍新建党员活动室1个，实现了学生党建进宿舍。在党风廉政建设方面，加强警示教育，组织学习各类党风廉政文件。学院教代会通过了25项校院两级管理文件。工会活动逐步程序化、多样化。获得教职工合唱第三名，1人获得歌咏比赛一等奖，校运会获教工组总分第四和优秀组织奖，积极参与赣州文明城市创建活动。

执笔蘸墨书锦绣，手绘宏图百业春。2017年学院成绩的取得是所有师生共同努力得到的，让我们向先进代表学习，让我们向更多的默默工作、无私奉献、为获得这些成绩站在幕后辛劳的老师们学习！

竹叶青青，已共金鸡歌彩梦；梅花点点，又携玉犬赴新程。2018年，面对新形势、新任务、新起点，我们即将踏上新的征程，竞争与压力是对我们的鞭策，机遇与挑战是对我们的考验，责任与使命是对我们的激励。2018年，我们将满怀信心、踌躇满志，追寻资环人的梦想；2018年，我们将不忘初心、奋勇拼搏，实现资环人的理想。让我们携起手来，砥砺奋进、拼搏进取，努力实现研究型学院的新跨越！

衷心祝愿全院师生身体健康！事业有成！学业进步！幸福安康！新年快乐！万事如意！

资源与环境工程学院

2018 年 2 月 10 日

53

四一七七　升学大吉

2018 年 4 月 20 日

四海①涛涌升明月，

一往直前②学五车③。

骑马探春大步越，

七星报喜④吉祥年。

注释：

①四海：古人认为中国四面被海环绕，因此称其为四海。指全国各地、世界各地。

②一往直前：形容勇猛无畏地前进。陶成章《浙案纪略》第四章第二节："其行事也，常鼓一往直前之气，而不虑其他。"

③学五车：学富五车。形容读书多，学识丰富。五车：指五车书。《庄子·天下》："惠施多方，其书五车。"

④七星报喜：很多人来报喜。道教称北斗七星为七元解厄星君，居北斗七宫，即天枢宫贪狼星君、天璇宫巨门星君、天玑宫禄存星君、天权宫文曲星君、玉衡宫廉贞星君、开阳宫武曲星君、摇光宫破军星君。

后记：

2018 年 4 月 20 日晚，得知资环学院本升硕的升学率为41.77%，非常高兴，在火车站等人的间隙做此小诗以贺。

54

地质一四 一帆风顺

2018 年 6 月 6 日

地动山摇①一声响，

志(质)在远方②帆高扬。

一路欢歌③风正劲，

四彩流云顺霓裳④。

注释:

①地动山摇:大地震动,山河摇摆。形容声势浩大或斗争激烈。宋·欧阳修《欧阳文忠公集·奏议集·一二·论修河第一状》:"臣恐地动山摇,灾祸自此而始。"

②志在远方:比喻志向高远。

③一路欢歌:形容非常高兴。

④霓裳:神仙的衣裳。相传神仙以云为裳。也指云雾、云气。霓:虹的一种,亦称"副虹",形成的原因和虹相同,只是光线在水珠中的反射多了一次,红色在内,紫色在外。《楚辞·九歌·东君》:"青云衣兮白霓裳,举长矢兮射天狼。"南朝齐·谢朓《赛敬亭山庙喜雨》诗:"排云接虬盖,蔽日下霓裳。"

后记:

2018 年 6 月 6 日,2014 级地质工程专业毕业晚会上作。

创新创业　师生同舟

2018 年 12 月 2 日

创获①唯真师先行，
新陈代谢②生质勤。
创意聚合③同心德④，
业精成思⑤舟通津⑥。

注释:

①创获:指过去没有的成果或心得。明·沈德符《野获编·礼部·笏囊佩袋》:"古今制度,有一时创获,其后循用不可变者。"

②新陈代谢:指生物体不断用新物质代替旧物质的过程。也指新事物不断产生发展,代替旧的事物。

③创意聚合:一些因某种事物产生某些想法(即"创意")的人聚集在一起发布自己的"创意"并相互讨论。

④同心德:同心同德。指思想统一,信念一致。心:思想。德:信念。《尚书·泰誓》:"受有亿兆夷人,离心离德。予有乱臣十人,同心同德。"

⑤业精成思:业精于勤,行成于思。

⑥通津:四通八达之津渡。也喻显要的职位。《梁书·武帝纪上》:"追奔逐北,奄有通津。"唐·皇甫冉《西陵寄灵一上人》诗:"西陵遇风处,自古是通津。"明·邢昉《雨后山家始见桃花》诗:"闲宜临浅水,暖欲傍通津。"

后记:

2018年12月2日下午,在学院作"'双创'之声之创新思维与工程实践"讲座,此诗为讲座小结。

56

资环学子　研途顺利

2018 年 12 月 15 日

资兼文武①研索②深，

环瑶瑜珥③途求真。

学研才高顺心意，

子建八斗④利剑横。

注释：

①资兼文武：兼有文才武略。形容具有文武全才的人。兼：兼有。资：智慧能力。东汉·班固《汉书·朱云传》："平陵朱云，兼资文武。"

②研索：研究探索。清·纪昀《阅微草堂笔记·滦阳消夏录一》："盖汉儒重师传，渊源有自；宋儒尚心悟，研索易深。"

③环瑶瑜珥：瑶环瑜珥。比喻美好如玉的子弟。瑶：美玉。环：玉圈。瑜：美玉。珥：玉制的耳饰。唐·韩愈《殿中少监马君墓志》："幼子娟好静秀，瑶环瑜珥，兰茁其牙，称其家儿也。"

④子建八斗：南朝宋谢灵运称赞曹植的话，形容其才高。子建：曹植的字。宋·徐子光《蒙求集注》引谢灵运语："天下才共有一石，曹子建独得八斗，我得一斗，自古及今同用一斗。奇才敏捷，安有继之！"

后记：

为2015级资环学子考研加油所作。

57

快乐的元旦

2019 年 1 月 1 日

章江^①映翠春来早，
风信花^②开芳满园。
乘风破浪^③辞旧岁，
一腔热血迎新年。

注释：

①章江：赣江的支流，与赣江的另一支流贡江在赣州城下汇合成赣江。章水发源于崇义聂都山，流经大余县、南康区，流程176.85公里；上犹江发源于湖南汝城县破石界乡黄岭山，流经崇义县、上犹县、南康区，流程198公里。章水和上犹江在南康区三江乡三江口汇合成章江。章江河段始于三江口，终于赣州市八境台。

②风信花：风信子，多年草本球根类植物，鳞茎卵形，有膜质外皮，皮膜颜色与花色成正相关，未开花时形如大蒜，原产于地中海沿岸及小亚细亚一带。

③乘风破浪：船只乘着风势破浪前进。比喻志向远大，不畏艰险，勇往直前。《宋书·宗悫传》："悫年少时，炳问其志，悫曰：'愿乘长风破万里浪。'"

后记：

2019年1月1日下午在赣州南河浮桥冬泳河中所作，冬泳后到南门口西园献血。

58

地质灾害　防治结合

2019 年 4 月 29 日

地阔天长^①防灾郎，
质疑辨惑^②治理专。
灾难化解^③结百叶^④，
害群^⑤转安合家欢^⑥。

注释：

①地阔天长：大地辽阔，天空广阔。唐·李华《吊古战场文》："地阔天长，不知归路。"

②质疑辨惑：指提出疑问，请人解答并加以研究、辨析。明·朱衡《道南源委》卷三："（张彦清）初从朱子游，得其大旨，后与李公吕质疑辨惑，造诣益深。"

③灾难化解：这里指地质灾害的预防与治理。

④结百叶：树上长了很多叶子，结实累累。指在某方面的工作取得了很大的成功。

⑤害群：指危害公众的人或事情。《魏书·高句丽传》："卿宜宣朕旨于卿主，务尽怀之略，揃披害群，辑宁东裔，使二邑还复旧墟，土毛无失常贡也。"

⑥合家欢：阖家欢乐；全家都快乐。

后记：

此诗作为 2016 级地质工程专业"地质灾害防治"课的课堂小结。

59

谢朱贤凌　提好建议

2019 年 5 月 12 日

谢庭玉兰①提钩②去，
朱唇皓齿③好谋④成。
贤良方正⑤建功事⑥，
凌云之志⑦议凤声。

注释：

①谢庭玉兰：比喻能光耀门庭的子侄。晋·裴启《语林》："谢太傅问诸子侄曰：'子弟何预人事，而政欲使其佳？'诸人莫有言者，车骑答曰：'譬如芝兰玉树，欲使生于阶庭耳。'"

②提钩：提要钩玄。精辟而简明地指明主要内容。提要：指出纲要。钩玄：探索精微。唐·韩愈《进学解》："记事者必提其要，纂言者必钩其玄。"

③朱唇皓齿：鲜红的双唇，雪白的牙齿。形容容貌美丽。战国楚·屈原《大招》："朱唇皓齿，嫭以姱只。"

④好谋：善于谋划。《论语·述而》："暴虎冯河，死而无悔者，吾不与也。必也临事而惧，好谋而成者也。"

⑤贤良方正：才能、德行好，正直。《史记·平准书》："当是之时，招尊方正贤良文学之士，或至公卿大夫。"

⑥建功事：建功立事。犹建功立业。建立功勋，成就大业。晋·常璩《华阳国志·巴志》："桂阳太守李温等，皆建功立事，有补于世。"

⑦凌云之志：形容远大的志向。东汉·班固《汉书·扬雄传》："往时武帝好神仙，相如上《大人赋》，欲以风，帝反缥缥有陵（凌）云之志。"

后记：

2019 年 5 月 12 日在南昌参加完"2019 年江西省高校课程思政示范课程评选现场说课"。我在回赣州的火车上，回想上半年朱贤凌老师给我的课程所提的好建议，内心非常感谢，便写了这首藏头诗。

60

认真思考　诚信考试

2019 年 5 月 13 日

认图识字诚①勿消，
真才实学信春潮。
思博笃志②考思辨③，
考验④赤金⑤试今朝。

注释：

①诚：真心，诚意；实在，的确。这里指诚信。《说文》："诚，信也。"

②笃志：广泛学习且意志坚定。笃：忠实，坚守。志：志向。《论语·子张》："子夏曰：'博学而笃志，切问而近思，仁在其中矣。'"

③思辨：思考辨析。

④考验：考查验证。宋·蔡绦《铁围山丛谈》卷四："然世事则益烂漫，上志衰矣，非复前日之敦尚考验者。"

⑤赤金：指纯正的金。南朝梁·江淹《铜剑赞》："黑金是铁，赤金是铜，黄金是金。"

后记：

2019 年 5 月 13 日做 2016 级地质工程专业地质灾害防治课程的监考，考前提示同学们要诚信考试，在黑板上用粉笔写了这首诗。

61

地质灾害　题目好难

2019 年 5 月 13 日

地裂山崩^①题太偏，
质量为先目光远。
灾害防治好梦圆，
害化为利^②难在研。

注释：

①地裂山崩：山岳崩塌，大地裂开。形容响声巨大或变化剧烈。东汉·班固《汉书·元帝纪》："山崩地裂，水泉涌出。"

②害化为利：化害为利。变有害为有利。化：改变，变化。害：有害。利：有利，有用途。

后记：

2019年5月13日做2016级地质工程专业地质灾害防治课程的监考，考前提示同学们要诚信考试，在黑板上用粉笔写了《认真思考 诚信考试》一诗。中途问同学们题目难不难，大家异口同声说"好难"，就又在黑板上写了这首诗。

62

课程思政　立德树人

2019 年 5 月 18 日

课实循名①立意长，
程朱之学②德先扬。
思深虑远③树木易④，
政治坚定人才强。

注释：

①课实循名：循名课实。按照名称或名义去寻找实际内容，使得名实相符。南朝梁·刘勰《文心雕龙·章表》："章以造阙，风矩应明，表以致禁，骨采宜耀，循名课实，以章为本者也。"

②程朱之学：指宋代程颢、程颐、朱熹的理学。《元史·儒学传一·赵复》："北方知有程朱之学，自复始。"

③思深虑远：深思远虑。谋划周密，考虑长远。指计划周到，具有远见。《后汉书·孝和孝殇帝纪》："先帝即位，务休力役，然犹深思远虑，安不忘危，探观旧典，复收盐铁，欲以防备不虞，宁安边境。"

④树木易：十年树木，百年树人。比喻要使小树成为木料需要很长的时间。而培养一个人才则需要更多的时间，是个长久之计，并且十分不容易。因此，这句话寓意着国家、民族、家庭只有做好人的培育，才能得以接续、繁衍、传承。

后记：

2019 年 5 月 18 日上午，在学校图书馆报告厅举行"江西理工大学课程思政研讨会"，我在会前对我的 10 分钟说课内容作此小诗，作为我汇报的小结。

63

大物试题　难易适中

2019 年 6 月 11 日

大浪淘沙①难言愁，
物竞天择②易登楼。
试看群雄适敌手，
题名金榜③中水洲。

注释：

①大浪淘沙：在大浪中洗净沙石。比喻在激烈的斗争中经受考验、筛选。淘：用水冲洗，去掉杂质。粟裕《激流归大海》："这支队伍经过严峻的锻炼和考验，质量更高了，是大浪淘沙保留下来的精华。"

②物竞天择：生物相互竞争，能适应者生存下来。原指生物进化的一般规律，后也用于人类社会的发展。物竞：生物的生存竞争。天择：自然选择。清·梁启超《新中国未来记》第三回："因为物竞天择的公理，必要顺应着那时势的，才能够生存。"

③题名金榜：金榜题名。指科举得中。金榜：科举时代殿试揭晓的皇榜。题名：写上名字。五代·王定保《唐摭言》第三卷："何扶，太和九年及第；明年，捷三篇，因以一绝寄旧同年曰：'金榜题名墨上新，今年依旧去年春。花间每被红妆问，何事重来只一人？'"

后记：

2019年6月11日晚，在江西理工大学黄金校区1304教室监考大学物理，在黑板上写了这首诗。

64

一五地质　前程似锦

2019 年 6 月 12 日

一往直前①踏雪行②，

五彩纷呈(程)③望彩云。

地利天时(似)宏图展，

质品如锦④毕生寻。

注释：

①一往直前：形容勇猛无畏地前进。陶成章《浙案纪略》第四章第二节："其行事也，常鼓一往直前之气，而不虑其他。"

②踏雪行：行走在雪地上。

③五彩纷呈：各种各样的颜色都呈现出来了。形容颜色繁多，非常好看。纷呈：纷纷呈现。清·吴趼人《二十年目睹之怪现状》："铺设得五彩缤纷，当中摆了姊姊画的那一堂寿屏，两旁点着五六对青烛。"

④如锦：形容华彩绚丽、风景绚丽或前程美好。锦：有花纹的丝织品。

后记：

2019年6月12日晚，在赣州海天大酒店举行2015级地质工程专业毕业茶话会，临时即兴所作。

65

热烈欢迎　四海学子

2019 年 7 月 11 日

热血沸腾四通达，
烈火辨玉①海中游。
欢呼踊跃②学才赡③，
迎刃冰解④子规楼。

注释：

①烈火辨玉：在烈火中能辨别玉的好坏。比喻在关键时刻能看出一个人的节操。宋·叶廷珪《海录碎事·人事·志节》："烈火辨玉，疾风知草。"

②踊跃：形容情绪热烈，争先恐后。比喻做事积极。三国魏·吴质《答东阿王书》："耳嘈嘈于无闻，情踊跃于鞍马。"

③学才赡：学优才赡。学问好，有才气。赡：富足。《元史·李冶传》："素闻仁卿学优才赡，潜德不耀，久欲一见，其勿他辞。"

④迎刃冰解：比喻处理事情、解决问题很顺利。宋·叶适《题张君所注佛书》："至于要言微趣，人所难知，往往迎刃冰解。"

后记：

2019 年 7 月 11 日，资环学院"2019 年大学生卓越人才之旅夏令营"中，我做防灾减灾工程与防护工程硕士点介绍。此诗为欢迎同学们所作。

66

资环之旅　助你成才

2019 年 7 月 16 日

资学善思①助攻顽，
环深②大义③你先尝。
之味如饴④成方略⑤，
旅雁高飞才情扬。

注释:

①善思：指善于思考，慎重考虑。《荀子·成相》："臣谨修，君制变，公察善思论不乱。"

②环深：周密而深邃。南朝梁·刘勰《文心雕龙·明诗》："四始彪炳，六义环深。"范文澜注："六义环深，犹言六义周密而深厚。"

③大义：正道；大道理；代表正义的道理。

④如饴：像糖一样甜。比喻对某件事物极为喜爱。宋·文天祥《正气歌》诗："鼎镬甘如饴，求之不可得。"

⑤方略：指方针和策略；方法和谋略。《荀子·王霸》："乡方略，审劳佚，谨畜积，修战备，齺然上下相信，而天下莫之敢当。"

后记:

2019 年 7 月 16 日，为资环学院"2019 年高中生卓越人才之旅夏令营"作地质工程专业讲座时所作。

67

大牛小牛　欢聚一堂

2019 年 7 月 25 日

大音希声①欢听箫，

牛角挂书②聚江桥。

小痴大黠③一生志，

牛刀小试④堂柳摇。

注释:

①大音希声:最大最美的声音乃无声之音。《老子》:"大音希声,大象无形。"王弼注:"听之不闻名曰希,不可得闻之音也。有声则有分,有分则不宫而商矣。分则不能统众,故有声者非大音也。"

②牛角挂书:比喻读书勤奋,学习刻苦。《新唐书·李密传》:"闻包恺在缑山,往从之。以蒲鞯乘牛,挂《汉书》一帙角上,行且读。"

③小痴大黠:指小事糊涂,大事很精明。黠:聪明而狡猾。宋·陆游《出游》:"小痴大黠君无笑,买断秋光不用钱。"

④牛刀小试:比喻有大本领的人,先在小事情上显示一下身手。也比喻有能力的人刚开始工作就表现出才能。牛刀:宰牛的刀。小试:稍微用一下;初显身手。宋·苏轼《送欧阳主簿赴官韦城》诗:"读遍牙签三万轴,欲来小邑试牛刀。"

后记:

2019年7月25日,周丹老师在"土壤"课题组QQ群里说"近期的一个学术讨论会,大牛小牛齐聚赣州,希望大家积极参加",我作此小诗以应。

68

稀土王国　欢迎大家

2019 年 8 月 9 日

稀世之珍^①欢心随，
土扶成墙^②迎苞蕾。
王允千里^③大图展，
国富民康^④家户藜^⑤。

注释：

①稀世之珍：世间罕见的珍宝。比喻极宝贵的东西。宋·黄休复《益州名画录》："当时卿相及好事者，得居寀父子图障卷簇，家藏户宝，为稀世之珍。"

②土扶成墙：泥土积累多了就可以成为墙。比喻人应该互相扶助。《北齐书·尉景传》："土相扶为墙，人相扶为王。"

③王允千里：指贤辅之材。《后汉书·王允传》："王允字子师，太原祁人也。世仕州郡为冠盖。同郡郭林宗尝见允而奇之，曰：'王生一日千里，王佐才也。'"

④国富民康：国家富有，民众富裕。三国魏·曹植《七启》："散乐移风，国富民康。"

⑤蕤：衣服帐幔或其他物体上的悬垂饰物；花；花蕊。这里指花草茂盛。《说文》："蕤，草木华垂貌。"

后记：

2019 年 8 月 9 日，在赣州市赣南宾馆一号楼三楼会议室召开"中部地区矿产资源勘查形势研讨会"，我做了一个"离子型稀土矿山生态护坡技术"的主题报告，在 PPT 的最后一页放入此诗以欢迎各位专家。

69

宋城赣州　圆你美梦

2019 年 8 月 23 日

宋斤鲁削^①圆工坊，
城阖结彩^②你远航。
赣涌章贡^④美江柳，
州涂^④通津^⑤梦辉煌。

注释：

①宋斤鲁削：宋国产的斧头和鲁国产的曲刀。比喻当地特产的精良工具。《周礼·考工记序》："郑之刀，宋之斤，鲁之削，吴粤之剑，迁乎其地而弗能为良，地气然也。"

②城阖结彩：城门张灯结彩。形容节日或有喜事时的繁华景象。明·罗贯中《三国演义》第六十九回："告谕城内居民，尽张灯结彩，庆赏佳节。"

③赣涌章贡：章江和贡江汇流形成赣江。章贡：章水和贡水的并称，亦泛指赣江及其流域。宋·苏轼《郁孤台》诗："日丽崆峒晓，风酣章贡秋。"陈毅《过太行山书怀》诗："突围到章贡，埋伏到九嶷。"

④州涂：指绕城之道。《周礼·夏官·量人》："营军之垒舍，量其市朝、州涂、军社之所里。"郑玄注引郑司农云："量其市朝州涂，还市朝而为道也。"

⑤通津：四通八达之津渡。也喻显要的职位。《梁书·武帝纪上》："追奔逐北，奄有通津。"

后记：

2019 年 8 月 23 日，在赣州市沃尔顿酒店召开"2019 年黄金科学技术学术会议"，我下午做了一个汇报，在 PPT 的最后一页放入此诗以祝各位专家在赣州愉快。

70

温德新好　海量无边

2019 年 3 月 29 日

温故知新①海载舟，

德才兼备②量难酬。

薪(薪)火相承③无穷乐，

好景永随边登楼。

注释：

①温故知新：温习学过的知识，得到新的理解和体会。也指回忆过去，能更好地认识现在。《论语·为政》："温故而知新，可以为师矣。"

②德才兼备：既要具备良好的思想品德，又要拥有工作的才干和能力。德：指道德素质，这种素质决定于世界观、人生观和价值观，在现实生活中通常表现为事业心、责任心、原则性、廉洁性、为人民服务的意识、团结合作的作风以及勇于克服困难、完成工作任务的精神等。才：指技术能力，包括理论知识、管理科学知识、本职专业知识以及分析问题解决问题的综合能力（包括实际工作中的谋划能力、决断能力、指挥协调能力和创新能力）等。元·无名氏《娶小乔》第一折："江东有一故友，乃鲁子敬，此人才德兼备。"

③薪火相承：比喻形骸有尽而精神不灭。后用以比喻学问和技艺代代相传。《庄子·养生主》："指穷于为薪，火传也，不知其尽也。"释义是柴虽烧尽，火种仍可传承。

后记：

2019 年 3 月 29 日为温德新老师作。

71

地质工程　前程似锦

2019 年 9 月 7 日

地利人和①前景长，
质疑问难②程门③堂。
工善利器④似兰馨，
程才⑤展翅锦鲤环。

注释：

①地利人和：指地理条件优越，群众基础好。地利：地理上的优势。人和：得人心。《孟子·公孙丑下》："天时不如地利，地利不如人和。"

②质疑问难：提出疑难，请教别人或一起讨论。质疑：请人解答疑难。问难：对于疑问反复讨论、分析或辩论。《汉书·陈遵传》："竦居贫，无宾客，时有好事者从之质疑问事，论道经书而已。"

③程门：程门立雪。对有学问长者的尊敬。《二程语录·侯子雅言》："游、杨初见伊川，伊川瞑目而坐，二子侍立。既觉，顾谓曰：'贤辈尚在此乎？日既晚，且休矣。'及出门，门外之雪深一尺。"

④工善利器：工欲善其事，必先利其器。工匠想要使他的工作做好，一定要先让工具锋利。比喻要做好一件事，准备工作非常重要。《论语·卫灵公》："子贡问为仁。子曰：'工欲善其事，必先利其器。居是邦也，事其大夫之贤者，友其士之仁者。'"

⑤程才：亦作程材。衡量考较才能；呈现才能。

后记：

2019年9月7日下午，在西校区为2019级地质工程专业新生做专业介绍，中午用几分钟时间写此小诗，放在PPT的最后一页，以祝福同学们。

72

相聚江理　圆梦启航

2019 年 9 月 18 日

相得益彰①圆木枕②，

聚萤映雪③梦羿佳。

江海之学④启五岳，

理志⑤报国航飞花。

注释：

①相得益彰：指两者互相配合或映衬，双方的长处和作用更能显示出来。相得：互相配合、映衬。益：更加。彰：显著。《史记·伯夷列传》："伯夷、叔齐虽贤，得夫子而名益彰。"

②圆木枕：圆木警枕。用圆木做枕头，睡着时容易惊醒。形容刻苦自勉。宋·范祖禹《司马温公布衾铭记》："以圆木为警枕，小睡则枕，转而觉，乃起读书。"

③聚萤映雪：形容刻苦攻读，勤学上进。聚萤：晋代人车胤收集萤火虫以读书。映雪：晋代人孙康冬夜常映雪光读书。《晋书·卷八十三·车胤传》："车胤字武子，南平人也。曾祖浚，吴会稽太守。父育，郡主簿。太守王胡之名知人，见胤于童幼之中，谓胤父曰：'此儿当大兴卿门，可使专学。'胤恭勤不倦，博学多通。家贫不常得油，夏月则练囊盛数十萤火以照书，以夜继日焉。"

④江海之学：如江海般浩瀚无边的学识。比喻学识渊博。学：学识，学问。明·无名氏《女真观》第二折："先生江海之学，小道是井底之蛙，焉敢班门弄斧。"

⑤理志：理想志气；追求人生目标的决心；力求做成某件事的气概。

后记：

2019 年 9 月 18 日，此诗为 2019 年江西理工大学少数民族预科班所作。

第三篇

教书育人

73

岩土工程勘察课程思政教学改革与实践

摘要：结合地质工程专业岩土工程勘察课程思政教学改革，分析了以往专业课教学在思想政治教育中存在的问题和原因，指出了专业课程思政教学改革的必要性，阐述了本课程思政教学的核心内容，制订了思政课程教学大纲和教案。在进行专业教育的同时，通过案例教学等多种教学手段，将思政元素融入专业教育中，如课间 10 分钟在黑板上写励志诗词或名言。通过教学使学生在政治思想上爱党爱国、敬业奉献、诚实守信、友善互助、遵纪守法，提升了学生的人文素养，提高了人才培养质量。

关键词：课程思政；岩土工程勘察；教学改革；社会主义核心价值观；人文素养

在全国高校思想政治工作会议上，习近平总书记指出："要坚持把立德树人作为中心环节，把思想政治工作贯穿教育教学全过程，实现全程育人、全方位育人。"以往思政课程和专业课程完全分开，专业课长期以来只注重专业知识的学习，忽视了对德育的培养。课程思政充分挖掘各类专业课程的思想政治教育资源，推进专业课程与思想政治教育的高度有机融合，达到专业教育和德育培养的双重目标。

一、岩土工程勘察课程思政的目标

岩土工程勘察是地质工程专业的必修课。学生如果掌握了岩土工程勘察的基本原理和方法，便为毕业后从事勘察工作打好了基础。

在岩土工程勘察教学过程中融入社会主义核心价值观、中华优秀传统文化、中国特色社会主义"四个自信"的教育等，使学生树立正确的人生观、价值观，培养爱国主义精神、人文精神、拼搏奉献精神，树立法制意识，提升社会责任感和使命感，形成积极向上、遵纪守法、诚实守信的良好精神风貌。

二、岩土工程勘察课程思政建设的途径

1. 课程思政实施的措施

（1）课堂教学

在岩土工程勘察课程的各章节教学中，根据教学内容切入相关的案例，这些案例有我国成功的重大工程典范，有反面的工程事故，有优秀工程技术人才和校友的成长过程。工程案例有教师口头介绍、图片或视频播放等形式。

教师在第一次上课前应充分了解所授班级的班风、学风情况，每位学生的基本情况，特别要了解学生以往的学业警示情况，以对落后同学进行重点帮扶。

对于学生做得好的方面应及时在班上进行表扬，做得不好的方面应及时纠正。

将学生课堂表现和平时表现、专业课老师所掌握的学生思想政治方面的表现，如纪律情况、精神风貌、课外参观时的表现等纳入课程平时成绩，占平时成绩的20%。

在课堂上，根据相关教学内容和进度，组织学生对思政案例进行讨论。

（2）两节课之间的课间 10 分钟

每次课第一节课下课后的课间 10 分钟，教师在黑板上默写一首古诗词或一段励志名言；第二节课上课时用 1 分钟讲解所写的古诗词或励志名言。

（3）课外

①组织学生参观赣州市的已建和在建工程各 1 次。

②向学生推荐岩土工程勘察专业、古典诗词、哲学政治理论方面的书各一本，由学生自愿课外阅读。

③将专业和思政相结合布置成学生平时的部分书面作业。

2. 课程融入思政的教学方法

（1）结合工程案例，融入社会主义核心价值观教育和中国特色社会主义"四个自信"教育

①中国特色社会主义"四个自信"教育。

通过介绍我国岩土工程勘察发展历程，结合国家的发展情况，结合目前我国国内的重大工程案例和"一带一路"中资企业到国外完成的重大工程案例，增加学生对祖国的自豪感，增强道路自信、理论自信、制度自信。

②社会主义核心价值观教育。

结合成功的重大工程案例教学，如上海中心大厦、港珠澳大桥等，培养学生的爱国主义精神。同时向学生介绍这些成功的工程案例中技术人员的成长过程、工作过程，提升学生的社会责任感和使命感，培养正确的人生观和价值观，培养拼搏奉献精神，使学生热爱专业，形成积极向上的良好精神风貌。

结合典型的反面工程案例（工程事故），如在工程过程中不按规范要求进行勘察、设计、施工所造成的工程事故，以此教育学生遵纪守法、诚实守信。

结合介绍工程行业优秀人才、优秀毕业生的成长经历，教育学生要努力学习、热爱集体、热爱专业、助人为乐、全面发展。岩土工程勘察课程思政重点案例见表3-1。

表3-1　岩土工程勘察课程思政重点案例

思政目标	教学章节	重点案例内容
(1)中国特色社会主义"四个自信"教育 增强学生对祖国的自豪感，增强道路自信、理论自信、制度自信。 (2)社会主义核心价值观教育 提升学生的社会责任感和使命感，培养正确的人生观和价值观 (3)通过诗词融入中华优秀传统文化教育和人文精神教育	绪论	我国岩土工程勘察发展历程；我国国内的重大工程案例及"一带一路"中资企业到国外做的重大工程案例
	第一篇　岩土工程勘察基本技术要求(共6章)	向家坝水电站建设；工程地质测绘事故与工作责任心；赣南2800米钻深孔与技术人员的拼搏进取；云南小湾水电站与"一带一路"；潘鸿宝高工的成长历程；不按规范进行围岩支护引发事故与遵章守纪；国产多功能声波仪的研究过程与爱岗敬业；武汉天兴洲长江特大桥超大直径超深桩的成功；都江堰等
	第二篇　建筑场地评价与勘察(共4章)	云南镇雄山体滑坡与抢险、军人的奉献和报国；边坡柔性支护的发展与我国改革开放的成效；四川省九寨沟县水神沟泥石流调查与人生观、价值观；岩溶美景与我国的秀美山河；贵州乌江渡水电站与我国的土木工程发展；宜万高铁建设与专业兴趣、专业钻研精神；唐山地震与灾后重建；基坑事故与岗位、工作责任心；上海中心大厦等
	第三篇　各类建筑岩土工程勘察(共3章)	世界第一大人工洞体重庆涪陵816军工洞体与自力更生、艰苦创业、保家卫国；赤峰宝马矿业"12·3"特别重大瓦斯爆炸事故与遵守规章制度、培养职业法律意识；我国铁路高速发展、港珠澳大桥等

（2）通过古诗词融入中华优秀传统文化教育和人文精神教育

在教学过程中向学生推荐古诗词和励志名言，使学生受到中华优秀传统文化的教育，培养学生人文精神，激发学生积极向上的热情。

如在介绍勘察大师范世凯为勘察技术所付出的心血和所做的贡献时，引用了"士不可以不弘毅，任重而道远"（《论语》）、"博观而约取，厚积而薄发"（苏轼《稼说送张琥》）。在介绍钻探取样技术时向学生说明理论联系实际的重要性，引用了"操千曲而后晓声，观千剑而后识器"（刘勰《文心雕龙》）。在介绍土体原位测试技术时，强调了工作责任心、敬业精神、工作细心的重要性，引用了"战战栗栗，日慎一日。人莫踬于山，而踬于垤"（古歌谣《尧戒》）。在介绍秦岭高山险岭的地形时引用了"云横秦岭家何在？雪拥蓝关马不前"（韩愈《左迁至蓝关示侄孙湘》），在介绍秦岭的交通建设高速发展时引用了"桥东桥西好杨柳，人来人去唱歌行"（刘禹锡《杂曲歌辞·竹枝》）。

在介绍港珠澳大桥的雄伟及其总工程师林鸣在技术上打破国外技术垄断、进行自主技术创新取得成功的经历时，引用了"男儿何不带吴钩，收取关山五十州"（李贺《南园十三首》）和"轮势随天度，桥形跨海通"（陈润《赋得浦外虹送人》）；在讲解建筑场地工程勘察时，对中国第一高楼上海中心大厦引用了"高楼一何峻，迢迢峻而安"（陆机《拟西北有高楼诗》）。

三、将思政内容融入各类教学资源

1. 修订课程大纲

对课程教学大纲进行了修改。教学大纲分成教学目标、教学要求、教学内容、教学进度安排等四部分。在教学目标和教学要求中明确了除岩土工程勘察课程的专业目标和要求，还提出了在学生思政工作方面应达到的目标和要求；在教学内容和教学进度安排中明确了课程思政的知识点和育人环节。岩土工程勘察课程教学内容与思政要求见表3-2。

表3-2　岩土工程勘察课程教学内容与思政要求

教学章节	专业教学内容	思政要求
绪论	岩土工程的含义和研究对象；勘察的任务和特点；我国岩土工程勘察的现状及发展历史	结合现在我国国内的重大工程案例及"一带一路"中资企业到国外做的重大工程案例，增加学生对祖国的自豪感，增强道路自信、理论自信、制度自信
第一篇 岩土工程勘察基本技术要求（共6章）	岩土工程勘察的基本技术要求、工程地质测绘与调查、勘探与取样、岩土体原位测试、现场检验与监测、勘察成果整理等	结合我国上海中心大厦、港珠澳大桥等成功的重大工程案例，培养学生爱国主义精神，进行社会主义核心价值观教育
第二篇 建筑场地评价与勘察（共4章）	不同地质环境中场地的评价方法和勘察要点，包括斜坡场地、岩溶、强震区、泥石流和采空区场地等	介绍优秀技术人员的成长过程、工作过程，提升学生的社会责任感和使命感，培养正确的人生观和价值观，培养拼搏奉献精神
第三篇 各类建筑岩土工程勘察（共3章）	各类建筑岩土工程勘察，包括房屋建筑与构筑物、地下洞室、道路与桥梁工程勘察	介绍典型的反面工程案例（工程事故），如在工程过程中不按规范要求进行勘察、设计、施工造成的工程事故，教育学生遵纪守法、诚实守信

2. 编写课程思政教案

重新进行了试点课程教案的编写，以 2 节课为一个教学单元，计 48 学时，编写了共 24 次课的教案。在教案中明确了每节课课程思政的内容、每次课的课间在黑板上板书默写一首诗词或一段励志名言。

3. 典型教学案例

教学过程中结合岩土工程勘察课程专业，对学生进行思想教育和人文教育，对典型教学案例进行分析、归纳和总结。

4. 影像资料

在教学 PPT 中插入教学视频 48 个和工程案例图片 256 个，在讲解专业视频和图片的同时紧扣课程思政主题对学生进行思政教育。

在教学中，除注意学生思想政治教育外，每两节课的课间在黑板上用粉笔默写一首诗词或一段励志名言。诗词分为爱国篇、劝学篇、励志篇和生活篇四类，如毛泽东的《减字木兰花·广昌路上》、唐代王维的《送赵都督赴代州得青字》、宋代汪洙的《勤学》、唐代杜荀鹤的《题弟侄书堂》、宋代司马光的《居洛初夏作》等。课间休息时经常为学生播放民乐、轻音乐等视频。学生的人文素质得到了提升，学生的专业兴趣和纪律性得到了提高，学生受到各级表彰人数也有所增加。

四、教学成效

通过课堂教学、课外和学生的沟通和交流，学生政治思想、精神风貌方面发生了很大变化。学生爱国爱党，树立了正确的人生观和价值观。学生认真听讲，勤于思考，充满激情，更遵守课堂纪律了；言行举止充满正能量，不玩网络游戏，有年轻人的朝气。这门课的到课率较高，基本上每次到课率达100%，学生上课听讲都很认真。

在学期初刚上课时，经调查愿意从事岩土工程工作的同学不到10%，课程结束时有志今后从事岩土工程方向工作的同学达60%以上。报考研究生的比率也从课程开始时的30%提高到课程结束时的56%。

通过教学实践，学生更加热爱专业，更具有刻苦钻研的精神、乐于奉献的精神，更具有责任心、使命感，且诚实守信，乐于助人，积极向上，人文素养得到提高。

五、结语

大学思政教育是思政课教师的职责，也是专业课教师的职责。岩土工程勘察课程通过将思政要素融入教学并重新制订教学计划、教学大纲、教案等，将专业课的知识点与政治方向、思想引领、价值引导和德育内涵的知识点进行深度整合，在专业教育的同时，围绕"立德树人"目标，师生互动，积极培育和践行社会主义核心价值观，将思政工作融入教学中，使学生在学习专业知识的同时，在德育方面也得到了培养，提高了人才培养质量。

参考文献：

[1]谭建平，张玉静."互联网+"背景下大学生道德焦虑及缓解策略[J].当代教育理论与实践，2018(5)：113-118.

[2]伍自强，程媛，谢阳艳.从"五大导向"出发探析"习近平新时代中国特色社会主义思想"[J].江西理工大学学报，2018，39(2)：1-6.

[3]庄梅兰.构建同心圆式高校课程思政教学体系[J].河南工业大学学报(社会科学版)，2018，14(7)：85-91.

[4]贺道中，陈艺锋."分层递进"卓越工程人才培养的实践教学体制环境研究[J].江西理工大学学报，2016，37(4)：78－82.

[5]周基，田琼，盛明强.工程管理概论"课程思政"教学改革与实践探索[J].教育观察，2018，17(7)：101－103.

[6]王涵.高校专业课程思政教学改革与反思[J].教育管理，2017，9(12)：138－140.

[7]李雪萍，马发亮.高校"课程思政"体系构建问题及对策探析[J].内蒙古电大学刊，2018(4)：73－75.

74

班主任工作体会

2015 年 9 月 6 日

各位领导、各位老师：

上午好！

我叫陈飞，于 1992 年 6 月毕业于中国地质大学（武汉）钻探工程专业，在江西省地质工程集团公司武汉公司从事地质工程（岩土工程、地质灾害防治、地基与基础工程等）的技术、经营、管理工作，2010 年 7 月到江西理工大学资源与环境工程学院地质工程教研室从事地质工程的教学工作。

2011 年 9 月至 2015 年 6 月任地质 111 班、112 班班主任；同时，于 2012 年 2 月至 2012 年 6 月任地质 081 班班主任。

每年担任 8 门课程的教学工作，每年教学工作量 400 学时，2012—2014 学年度被评为江西理工大学"优秀班主任"、江西理工大学"优秀共产党员"。

在学院的领导下，作为班主任，我在这几年主要开展了以下几个方面的工作。

一、严于律己，提高自己各方面素质

1. 加强自身思想政治修养

坚持四项基本原则，认真学习马列主义、毛泽东思想、邓小平理论，坚持科学发展观，认真学习十八届三中全会精神。30多年来坚持看《新闻联播》《人民日报》等，坚决执行党的路线、方针、政策。

树立正确的人生观、事业观、幸福观，旗帜鲜明地为学生传递政治、思想上的正能量。

2. 爱岗敬业、安教乐教

忠诚于党的教育事业，教书育人，诲人不倦，在自己平凡的岗位上乐于奉献。以"教师是知识的传授者、文化的传承者、精神的塑造者"为教育的根本理念，坚持把提高自身综合素质作为搞好班主任工作的重要条件。

牢记为人师表，始终不忘为学生传递工作、学习、生活上的正能量。

比如每次上课我都提前 20～30 分钟到教室，下课后还经常有同学围着问问题、谈人生。课堂上，带着感情和责任去授课，引用工程实践案例进行教学，极大地激发了同学们的专业学习兴趣。

3. 班主任工作更需奉献精神

班主任工作事务性的居多，需要考虑的问题多，所花的时间、精力也多。

我积极地向各位领导、各位老师学习如何做班主任工作，这是因为我各方面的能力、水平有限，只有投入更多的精力、花更多的时间才能做好班主任工作。在我的业余时间，教研室主任和班主任工作就占用了80%的时间，而班主任工作又占用了其中50%的时间。事务性工作很容易把整段时间分隔成碎片时间，因此需要正确处理好班主任工作和教研、个人事务的关系，尤其是要正确处理好班主任工作和教研的地位关系。

二、加强教育，做好班级日常管理工作

1. 加强教育，严格班级常规管理

（1）班干部动态竞争上岗，提高班干部的工作能力

每学年开学初，通过民主选举，竞争上岗，产生新的班干部，每学年改选一次。每一个班干部都要负责班级具体的管理工作，实行班干部向班长负责、班长向班主任负责的层级管理体制。

我经常和学生们谈树立为集体服务的光荣感和责任感，要求班干部要努力学习、团结同学、以身作则。（如111班班长闫国川、团支书黄忠春的情况，大四新任班长刘欢的情况；112班班长熊锋、团支书薛国栋及老班长曾彪的情况。）

（2）建章立制，制订班级管理制度

每学期初，组织同学学习学校的各项规章制度，在此基础上制订班级管理制度，包括学习、生活、奖助学金评定要求等。

每月最少开一次班会（一般半个月一次，有时采取灵活的形式），了解同学们对班级的建议和意见。每月最少组织一次主题班会，主题班会有按学校、学院要求召开的，有根据班上学风、班风等变化情况召开的。开主题班会时，经常对某一问题、某一时事等进行讨论，要求每个人都要发言，尽量开拓同学们的思维、锻炼同学们的表达能力。

（3）公正公平，按章对待学生利益问题

综合测评、先进评比、奖学金评定、贫困生认定、入党推优

等的评定一直是学生关注的热点问题，也是关系学生切身利益的事情。所以，我在处理这些问题时，都要在班级中进行全面细致的调查，严格坚持"公平、公正、公开"的原则。

2. 重视班风学风的培养，增强班级凝聚力

重视班风、学风的培养，每个学生都认识到学习思想的引导和学习态度的树立对今后个人的发展有着极为重要的作用。全班同学共同努力，学风逐年好转，大四上学期效果最明显。

我经常利用主题班会，个别谈心、交流，鼓励，组织学生现身说法，收集优秀学生经验介绍等形式，从不同角度调动学生的学习积极性，效果明显，如地质112班获得"校学风建设先进班级"等荣誉。

三、积极引导，关注每一位同学的成长

1. 亦师亦友，多和学生交流

我坚持每个月至少召开一次班会，每周至少去一次学生宿舍和同学们谈心，及时掌握他们的思想动态。同学们对我无话不谈，我们相互信任，相互理解，共同促进。

我经常对学生进行思想品德教育，教育学生做人要自立自强、诚实守信、为人正直，在学习上要积极进取、开拓创新，待人要宽厚，做事要有责任心，在生活上要勤劳节俭。我重视与学生的交流，及时掌握学生的家庭状况、思想动态、学习情况。在平常的生活学习过程中，设身处地地为同学们着想。

多年来我可以叫出我任课所在班级每一位同学的名字。有一次开班会前，我背对着2011级两个班的同学点名，不看名单不看人从第一个点到最后一个；还有一次把两个班60多人的名字不看名单从最后一个倒着点名，一个也没错；对2011级同学，在

100 米内，无论是正面、侧面还是背面我都可以认出来。

2. 建立信任，常同家长沟通

在日常班级管理中，只要发现问题的萌芽，需要家长一起处理的，我都会及时与家长沟通，争取采用最能让学生接受的方法实施教育。

对于每一位学生，当我认为和家长共同努力能促进学生更好的时候，我就会同家长商量，一起做学生的思想工作。我把学校对学生的管理措施、班级对学生的要求一一向家长交代清楚，把学校教育延伸到家庭，因此，我们的工作取得了家长的支持、理解、配合，提高了教育教学的效果。

3. 耐心细致，关注每位学生

对于每位学生，我在学业上认真指导，在思想上认真关注，在生活上认真帮助。

（1）对学生进行分层管理

对于学习成绩优秀的同学，我主要进行引导（如全面发展、参与老师的科研、早日准备考研等）；对学习成绩中等的同学进行鼓励；狠抓后进同学的学习、行为习惯（如遵守纪律、认真学习）。

地质 2011 级共两个班，这两个班各方面情况较好，目前存在的问题主要是少数同学的学业问题，原因都是玩电脑游戏造成挂科。

作为班主任，这几年，我的工作时间有一半花在这些学业困难的同学身上。大二时我尝试了"一对一学业帮扶模式"，即学习成绩好的同学帮扶学习成绩差的同学，但效果不佳，主要是这几名学习成绩差的同学玩游戏上瘾，对同学的帮助存在逆反心理。结合学校的"三联系工程"，我帮学业困难的 9 名同学制订了学习计划、作息计划，每周至少一次和他们集中谈心，其中4名同学每周至少谈心两次，对他们过多玩游戏等行为进行严厉批评，对他们取得的进步及时表扬。我还为他们安排了综合素质好的同学进行"一对一提醒"帮扶（守纪提醒、活动提醒，特殊情况及时告诉我）。总体效果很好。

（2）在生活上关心学生

在生活上我尽力为同学们提供帮助，让同学们感到家的温暖。如：有的同学有急事需用钱时会找我借钱周转；我帮助班上经济困难的同学支付学费；在校食堂吃饭看到学生时，我会多买点菜和大家一起共享。学生们毕业后有什么事找我，我都会第一时间去帮他们落实，如有同学考上公务员、征兵等，我都会去帮他们办手续。这其实也是学生们对我的信任。

四、常抓不懈，做好学生考研、就业工作

考研和就业，作为学生四年的重要培养成果之一，学校及学院高度重视，做了长期富有成效的细致工作。作为班主任，我一方面认真按学校及学院的要求、部署做好日常考研、就业工作，另一方面要针对班上不同学生的情况，狠抓考研、就业工作的落实。

大三下学期初，我召开了多次班级的就业指导主题班会，平时也注意和学生们交流，根据他们的不同情况进行具体的考研、就业指导。

1. 考研工作举措

（1）早动员

思想上动员，行动上动员，由面（班）到点（个人）动员。平时上专业课讲到一些工程案例时，会介绍本专业的就业情况、各用人单位的情况及对大学毕业生的要求等。大三下学期初正式开动

员会。

（2）早行动

对于想考研的学生，我一对一地指导制订考研计划并督促实施。

我针对每一位学生的具体情况，与他们商量考什么专业，如何进行复习，如何安排时间，如何对待考研与就业、专业课学习的矛盾。对不同层次的学生，采取不同的措施。

（3）全程帮助

对考研学生在精神和物质两方面全程关注、帮助。

①精神方面。

及时和学生交流、疏导，多鼓励、支持、加油，避免思想、情绪上的变化。每月召开一次考研同学交流会，及时了解学生们的复习情况。

②物质方面。

尽可能为学生们提供帮助，使他们免除后顾之忧。如：在逸夫楼安排固定自习室；对经济困难的学生进行帮助；为学生们做一些与考研相关的工作（如了解报考学校情况、进行专业辅导等）；在考试前几天指定班长、团支书总负责，每个宿舍由不考研的学生自告奋勇在生活上给予帮助（如考试提醒、带饭等）。

由于能及时掌握每位考研学生的复习、思想变化情况，因此，考研成绩还未公布时我能较准确地预测大家的考研成绩，所预测的平均考研成绩和学生们的实际成绩只相差 3 分，甚至有几位学生的预测分和实际分只相差 1 分。

2. 就业工作举措

（1）让学生早日了解自己和专业

让学生们了解自己所学的专业是做什么的，了解可以在哪些行业、单位就业。

利用上专业课时和平时与学生们的交流，让他们了解地质工程的就业方向，比如在上专业课"地质灾害防治"讲述边坡支护案例时，花一两分钟时间介绍这个案例中的工程是由哪个单位施工的、该单位的情况，学生们如果希望从事该专业，那么这个单位或类似性质的单位会招这个专业的学生。学生们因此加深了对专业的认识，也提升了对专业的兴趣。

（2）让学生早日做好就业准备

大学三年级下学期初，我利用班会、个别谈话等形式对学生们进行就业动员；对每一名学生进行就业意向摸底，并对其就业方向和今后该做什么提供建议；要求所有学生都要重视就业工作，督促大家早点做好简历、早点网上投简历。

（3）做好就业指导工作

就业指导工作需要花费大量的时间。就业工作仍然采用由面（班）到点（个人）的形式，点（个人）的就业工作非常重要。

①掌握当年地质工程专业的就业形势。

我每年在校园招聘会的前几天都会到放置招聘广告的地方统计用人单位对地质工程专业毕业生的需求情况，开招聘会时再次到招聘会现场统计用人单位对地质工程专业毕业生的需求情况。在上专业课时我会将用人单位对人才的需求变化情况告诉学生，并建议他们可重点关注哪些相关单位。

2015 年对绝大多数专业的大学毕业生来说就业压力非常大，主要是大形势影响。表 3-3 是 2012—2015 年到我校招聘地质工程专业毕业生的用人单位需求情况。

表 3 - 3   2012—2015 年社会对我校地质工程专业
需求人数与毕业生人数统计表

时间	2012 年 10 月（2008 级 2012 届）	2013 年 10 月（2009 级 2013 届）	2014 年 10 月（2010 级 2014 届）	2015 年 10 月（2011 级 2015 届）
需要岗位人数／人	220	210	190	75
毕业生人数／人	29	33	37	63
需求比	7.6∶1	6.4∶1	5.1∶1	1.2∶1

社会对地质工程专业人才的需求处于变化之中，由于地质工程专业毕业生的就业形势较好，从 2004 年开始国内有条件的高校都尽量新增了地质工程本科专业。而从 2014 年开始，特别是 2015 年，随着产业结构的调整，社会对地质工程专业人才的需求出现了下降的趋势。

②为同学们提供求职帮助。

a. 就业动员会：在大四上学期初和大四下学期初，我会召开全班的就业动员会。

b. 求职面试注意事项：我在大四上学期校园招聘会前召开面试须知专题班会，根据不同学生的情况进行个别谈话、全程一对一指导。在指导中，我会把自己连续 10 年代表用人单位到高校招人的感受告诉大家。

c. 求职简历的撰写：帮助大多数学生修改了求职简历。

d. 外地、网上投简历的指导：帮助联系单位；进行防受骗教育；指导如何取得面试成功；等等。

e. 校园招聘会进行现场指导：现场指导学生求职，对就业困难的学生更是重点指导；教会学生如何根据现场的特殊情况灵活应对。

f.对所有需就业的学生实行就业情况跟踪制度：根据不同的就业情况，我对学生们实行初期月跟踪（大四上学期）、中期周跟踪[大四下学期（3、4月）]、后期日跟踪[大四下学期5、6月]制度。对于学生们在就业过程中的问题及时处理或提供建议。

3. 2011级（2015届）考研、就业情况

（1）地质081班
共29人，录取研究生11人（37.9%），一次就业率为100%。
（2）地质2011级
共两个班62人，2015年考研总分上线27人，最终录取25人（1班9人、2班16人），占全部人数的40.3%，其中地质112班考研升学率达51.6%，同一宿舍的曾彪、苏涛、张松松、欧阳怀4人全部考上了研究生。地质2011级1班江文才同学成功保送到西南交通大学，成为其地质工程专业的研究生。

地质11级两个班共27人需就业，而这27人均已就业，一次就业率为100%（表3－4）。

表3－4　地质工程2015届毕业生考研、就业情况汇总表

指标	人数/人	考研		就业		
		录取人数/人	录取率/%	需就业人数/人	已就业人数/人	一次就业率/%
地质111班	31	9	29.0	12	12	100
地质112班	31	16	51.6	15	15	100
合计	62	25		27	27	

五、存在的问题和今后努力的方向

地质工程专业 11 级的同学们都毕业了，两个班各方面比往年都有很大进步。作为班主任，我很高兴看到学生们得到了成长，但我自己在班主任工作中还存在着许多问题和不足，需不断学习、不断改进、不断提高。

今后，我在各方面要继续努力，争取把各项工作做得更好。谢谢大家！

后记：

2015 年 9 月 6 日，到江西理工大学冶化学院进行班主任工作体会交流，在做汇报 PPT 前所写的汇报材料文字稿。

75

立足岗位育桃李　主动担当勤奉献

——"新时代担当作为先进典型"陈飞老师事迹

江西理工大学资源与环境工程学院党委

2019 年 9 月 25 日

陈飞，男，汉族，湖南邵东人，1969 年 10 月生，中共党员，副教授，地质工程硕士、建筑与土木工程硕士、地质工程博士；1992 年 6 月毕业于中国地质大学（武汉）。现任江西理工大学资源与环境工程学院地质工程教研室主任，江西理工大学第六次党代会党代表、第七次党代会党代表，硕士生导师。

一、坚定信仰、爱岗敬业

陈飞老师在教育教学工作中，始终坚持党的教育方针，严于律己。积极参加政治学习，积极参加师德师风建设活动。忠诚于党的教育事业，教书育人，诲人不倦，在自己平凡的岗位上乐于奉献。以"教师是知识的传授者、文化的传承者、精神的塑造者"为教育的根本理念，牢记为人师表，始终不忘为学生传递正能量。

陈飞老师满怀强烈的责任感，对工作精益求精，在思想上时时严格要求自己、鞭策自己，不断加强自己师德师风的教育学习，遵纪守法，认真执行各项规章制度。

在师德育人、课程育人、文化育人、身教育人、体育育人等方面，陈飞老师做了大量工作。他每次都会投入大量时间备课，且在教学中善于引用工程实践案例，注重启发同学们的思维和提高动手能力，极大地激发了同学们的专业学习兴趣。2018 级曾丹同学说，"陈老师上课非常风趣幽默，好有激情，我们总是抢第一排座位坐"。陈飞老师十分重视与学生的交流，及时掌握学生思想动态、学习情况，经常和家长联系，和学生们打成一片。

作为教研室主任，陈飞老师关心着每一届学生成长、考研和就业情况，经常利用休息时间为学生们进行就业和考研辅导、解答。2012 届至 2016 届连续五年地质工程专业毕业生就业率都为 100%，2017 届至 2019 届的就业率也在 98% 以上，每年升学率在 40% 以上。

陈飞老师曾担任地质工程 2008 级和 2011 级班主任，获得了资源与环境工程学院"班情熟知比赛"一等奖；他所带的班级多次获得"校学风建设先进班级"等荣誉；地质 112 班 2015 年考研升学率达 51.6%，其中同一宿舍的曾彪、苏涛、张松松、欧阳怀 4 人全部考上了研究生。

陈飞老师作为教研室主任、校兼职督导，还承担了大量的教学工作，但对于学校和学院安排的各项工作他都积极主动完成。

2019 年 9 月，我校首次开办少数民族预科班，全班共有来自新疆维吾尔族、哈萨克族和水族等的 35 名学生。预科教育是民族教育的重要组成部分，开办少数民族预科班对加强学生爱国主义和民族团结教育、道德素质教育以及提高民族文化素质和基本技能意义重大。民族预科生作为一个介于高中和大学之间的特殊群体，班主任工作管理周期短、管理难度大、工作任务重。陈飞老师知道学校要开办少数民族预科班的消息后，主动要求担任预科班的班主任工作。

二、乐于奉献、吃苦在前

"这事我来做。"这是陈飞老师经常说的。爱岗奉献、主动担当是陈飞老师一向的品格。

在凝聚教研室教工力量方面，陈飞老师付出了非常多的心血。他以身作则，吃苦在前；对待各项工作认真负责；尊敬领导，团结同志，具有团队精神，从不计较个人得失。

自 2011 年担任地质工程教研室主任以来，由于陈飞老师工作认真负责，尊敬领导，团结同志，地质工程教研室形成了团结奋进的良好氛围。2017 年度他还兼任了采矿与地质工程系党支部书记，在院党委的领导下积极主动、勤勤恳恳地做好了支部各项工作。2017 年度，他所在的地质工程教研室被评为"优秀教学集体"。

教研室的工作千头万绪，事务性事情也很多，但陈飞老师在工作上积极主动，及时完成学院安排的工作。多年来，陈飞老师几乎每天早上 7 点到教研室，晚上 10 点才离开，他把大量心血用在了专业的学科建设、实验室建设、人才培养等工作上，他永远把集体的事情放在第一位。

地质工程教研室何书老师说："2013 年国庆节前，陈老师提前买好了 10 月 1 日的飞机票准备参加陈老师外甥女的婚礼，但他听说 10 月 2 号要组织教研室老师修订本科人才培养方案后，他把飞机票退了。我当时要陈老师按时去北京参加婚礼，回来晚两天再讨论修订培养方案的事也来得及，但陈老师说'学生培养是大事'。陈老师在任何时候对教研室的事都很上心。"

三、关爱学生、无私忘我

多年来，陈飞老师关心爱护每一位学生，为让学生成才，严格要求学生的同时，做同学们的知心人，以学生为中心，真诚地与学生们交朋友，积极为学生们排忧解难。"一切为了学生，为了学生一切"就是他任教以来的真实写照，学生们亲切地称他为"大飞哥"和"最有爱班主任"。大家都说陈飞老师是一个有故事的人，特别是关爱学生的故事。

1. 诗词的故事——课程育人

陈飞老师主讲的岩土工程勘察课程在 2019 年 5 月获江西省高校课程思政示范课程建设立项。

从 2010 年从事教学工作以来，陈飞老师每次上课都坚持在黑板上写一首古诗词或一段励志名言；自 2018 年开始，陈飞老师每次上课都会创作一首藏头诗作为课堂小结。他在专业课程教学过程中融入社会主义核心价值观、中华优秀传统文化、中国特色社会主义"四个自信"的教育，使学生树立了正确的人生观、价值观，培养了学生的爱国主义精神、人文精神、拼搏奉献精神，树立了法制意识，提升了社会责任感和使命感，形成了积极向上、遵纪守法、诚实守信的良好精神风貌。

"窗竹影摇书案上，野泉声入砚池中。少年辛苦终事成，莫向光阴惰寸功。"这是陈飞老师写在课堂黑板上的一首诗。地质工程 2016 级邢晓琴同学说："陈老师坚持在专业课的课间 10 分钟在黑板上写一句励志名言或一首古诗词，每次课都会创作一首藏头诗作为课堂小结，让我们工科生也提升了人文素质，更激励我们奋发向上。"

"资孜不倦考绩开，环淳反朴研宏埃。同心协力成竹里，学以致用功自来。"这是陈飞老师写的一首藏头诗。每年陈飞老师都会写藏头诗为考研学子助威，激励着学子们奋勇前行。

2. 名字的故事——用心育人

"神奇！陈飞老师太神奇了！在新生报到时我给陈老师说我叫艾力库提江，陈老师马上把我全名叫出来了。我们没见面陈老师就先记住了我的名字。到第三天陈老师已认识了我们班所有人并且叫出我们的全名。"2019级预科班艾力库提江·艾尼娃尔同学说。

2019年9月16日，是2019级少数民族预科班开学的第一天，陈飞老师不看名单也能准确叫出全班35位同学的全名并认识每一位同学，这是因为陈飞老师在学生报到时用心去认识学生、用心去记学生的名字。

给每届学生上课时，陈飞老师会很快地了解、熟悉学生，多年来陈老师可以叫出任过课的班级每一位学生的名字。

2015届地质工程专业熊锋同学说："有一次开班会前，陈老师背对着2011级两个班的学生点名，不看名单不看人从第一个点到最后一个；还有一次陈老师背对着我们，把两个班60多人的名字不看名单从最后一个倒着点名，一个也没错。我们都好感动，陈老师是用心用情把我们装在心里。"

3. 拐杖的故事——精神育人

2011年10月陈飞老师脚受伤骨折，为了不影响学生的课程，他坚持拄着拐杖给2008级同学们上了3个月的课。他拄着双拐坚持站着上课，同学们为他找了张椅子，但他从来不坐。

曾彪同学说："我们大一时新生刚军训完，陈老师拄着拐杖买了两大袋脐橙从家里到西校区来看望地质专业的学生们，学生们都很感动。"

4. 闹钟的故事——纪律育人

陈老师每次监考时都让学生们关闭手机并上交，但又担心有的学生不方便掌握考试时间，于是自己带上一个闹钟到教室。2015 级杨紫健同学说："陈老师监考很严格，每次考试清场前陈老师都把《考试规定》大声背诵出来。我们看到陈老师带来的闹钟都感到好温馨，我们可以随时知道时间，更安心考试。"

5. 早晚的故事——暖心育人

2019 级预科班学生阿布都沙拉木说："从开学到现在，我天天都能看到陈老师。他经常来看我们，早自习、晚自习也会到教室看看大家的情况。他很关心我们。"

多年来，陈飞老师坚持经常到宿舍和同学们交流，有时早上 6 点就到学生宿舍探望同学们，了解学生们晨读的情况；有时晚上还会到教室、图书馆查看学生们上自习的情况。陈飞老师把学生当作自己的孩子，一直在用心去了解他们、关心他们，让他们切实地感受到了家的温暖。

6. 专业运动会的故事——体育育人

陈飞老师每年都会组织地质工程专业四个年级的学生参加"地质专业运动会"，至今已举办了九届，以促进不同年级学生的交流，丰富学生们的课余生活。

7. 西瓜和药的故事——关心育人

每年带学生生产实习时，考虑到实习在山区野外，陈飞老师都会为学生们购买蛇药、清凉油等避暑药品。有一年赣州市内蛇药货源紧张，他跑了三个小时才买到蛇药。"天气炎热时，陈老师还会给我们全班买西瓜、饮料降温。他对我们而言，是老师，是朋友，是大飞哥。"2012级詹美强同学说。

2019年9月15日晚自习时，陈飞老师得知2019级预科班地拉热木同学感冒了，当晚就到药店买了两盒感冒药，第二天早自习时送给了地拉热木同学。陈飞老师了解到一个男生喜欢喝茶，就给这位同学送了一盒茶叶。

"我报到时是陈飞老师顶着烈日帮我把行李从报到点搬到宿舍的。"女生古丽尼格尔说。

"我报到时拖箱太重，轮子坏了，陈飞老师帮我把行李从报到点送到宿舍。看到陈老师扛着大箱子从一楼到七楼，他的衣服全都被汗水浸湿了，我感动得眼泪都流出来了。很感谢陈老师。"2019级预科班女生阿地拉同学说。

8. 冷水澡和冬泳的故事——毅力育人

陈飞老师有一年冬天到学生宿舍，请9位需要补考的学生开会。会前他在宿舍现身说法——洗冷水澡，之后他以自己洗冷水澡35年、冬泳10年的经历鼓励大家发扬坚持精神，认真学习、认真备考。

有一次，陈飞老师请需要补考的8位学生到南河大桥浮桥集中，让大家现场观看他是如何下河冬泳的。然后他请大家到酒店吃饭，吃饭前用了一个多小时和大家聊天：为他们分析课程情况；鼓励大家树立信心、不怕困难，像冬泳一样坚持学习下去就会胜利在望。如此用心良苦，几位同学当时都感动得流泪了。

9. "三联系"的故事——恒心育人

陈飞老师对学生在学业上认真指导、在思想上密切关注、在生活上细心帮助，特别是对学业困难的学生，他付出了大量心血。

陈飞老师和学业困难的学生们一起制订学习计划、作息计划，每周至少两次和他们集中谈心，及时掌握他们的学业情况。

如陈飞老师的一个"三联系"学生，因沉迷于网络游戏，到大三下学期初挂科 11 门，积欠 36 学分。经过陈飞老师的帮扶，他彻底改掉了玩游戏的恶习，学习非常刻苦，最后通过了所有考试，顺利毕业并在大型国企找到了满意的工作；工作后他也非常努力，很快成长为技术骨干。

10. 水果晚会的故事——激励育人

自 2010 年至今，每年 11 月份陈飞老师就会自费准备一次水果晚会，邀请地质工程专业所有考研学子参加，为考研学子紧张的复习生活做一次心理放松，同学们深受感动。

"在江理遇见陈飞老师就是我人生中的幸运。很感谢陈飞老师一直以来像父亲一样对我的关怀与帮助。"2017 届地质工程专业蓝坤同学说。

"考研水果晚会上，陈飞老师还给我们 8 位女生每人发了一盒巧克力，我们感到心里暖暖的。"2019 届地质工程专业胡蕾同学说。

11. 汽车的故事——温心育人

2019 年 3 月的一天，陈飞老师得知 2015 级张若飞同学野外实习时不慎右手骨折，便开车到火车站把他接回学校，并联系了赣州的骨科专家治疗。后来他又买了牛奶、水果到宿舍看望张若飞同学。

有的同学回家去车站或有急事要用车，陈飞老师知道后都会及时主动为同学们提供用车帮助。

12. 助学有爱的故事——爱心育人

在生活上陈飞老师也尽力为学生们提供帮助，让学生们感到家的温暖，如借钱给有急事的学生周转、为学生垫付学费、资助经济困难学生，保证学生们顺利地完成大学学业。学生们毕业后有什么事找陈老师，他都会第一时间去帮他们落实，如有学生考上公务员、去当兵等，他都会帮着去办手续。

"很高兴也很感动，今天又收到了陈飞老师发给我的微信红包，谢谢陈老师的用心和鼓励。"2019 年 9 月开学后的一天，地质工程专业 2017 级专业第一名徐文静同学如是说。从 2014 年起，陈飞老师每年都会自掏 2000 元左右给地质工程专业每个年级的专业前三名同学发微信红包以示鼓励。

陈飞老师曾为一位家庭困难的学生资助了学费 5600 元。待这位同学考上外地的研究生后，他又每年资助 1000 元直到这位同学研究生毕业。陈飞老师还曾为经管学院生病的学生捐款 1000 元，为学校爱心基金捐款 4000 元。陈飞老师从 1998 年开始无偿献血，2010 年从江西省地质集团工程公司武汉公司调到我校工作后，坚持每年献血两次。

陈飞老师这几年在赣州曾两次冒着生命危险，救过一名小学生和一名大学生的生命。

四、勤恳努力、潜心教研

在教育教学工作中，陈飞老师始终坚持党的教育方针，严于律己，教书育人，为人师表，认真执行学校的各项规章制度。他认真备课，坚持提前 20～30 分钟到教室，其课程评价优秀率达 85%。他还担任了校兼职督导工作和学院创新创业教师工作。

在指导学生方面，他指导学生获立项校级研究生创新项目 2 项、全国大学生创新训练项目 1 项；指导学生参加并获得全国大学生挑战杯竞赛江西理工大学校赛一等奖 1 项、江西省三等奖 1 项，第八届大学生节能减排竞赛校三等奖 1 项，矿业杯创新大赛一等奖，校研究生创新优秀成果二等奖 2 项，江西省研究生创新优秀成果奖 2 项。

在科研方面，发表论文 56 篇，自编教材 1 部，出版专著 1 部，出版教材 1 部；获授权发明专利 8 件，实用新型专利 9 件；主持和参与赣州市"十二五"经济社会发展重大课题子课题 3 项、江西省教育厅项目 3 项，主持横向和校级项目 11 项，参与"十二五"国家科技支撑子课题项目 1 项，主持全国工程硕士在线课程 1 项、中国学位与研究生教育研究课题面上项目 1 项。

在科研成果方面，成果鉴定为国际先进 1 项，2 个项目参加首届中国节能环保创新大赛进入了半决赛；获校级本科教学成果奖二等奖 2 项、校级研究生教学成果奖二等奖 2 项；2016 年获中国有色科技进步奖三等奖 1 项；获第三届中国循环经济专利奖二等奖 1 项、第三届中国循环经济专利奖三等奖 1 项；获 2017 年中国稀土科学技术奖二等奖 1 项、2017 年江西省科技进步奖三等奖 1 项；获 2018 年第四届中国循环经济专利奖一等奖 1 项、2018 年中国产学研合作创新成果奖优秀奖 1 项；获 2019 年中国绿色矿山科技进步奖三等奖 1 项。

陈飞老师被聘为全国国土资源职业教育教学指导委员会委员、江西省地矿教学指导委员会会员、江西省地质学会旅游地学教学指导委员会副主任委员、赣州市珠宝玉石行业协会副会长；被评为江西理工大学"优秀共产党员"、"模范共产党员"、"优秀班主任"、"优秀教师"、"优秀教研室主任"、第五届"最受学生欢迎的十佳教师"、"赣州市五一劳动奖章"，获江西省无偿献血奉献铜奖、2018 年宝钢优秀教师奖。

陈飞老师把"动之以情、导之以行、晓之以理、持之以恒"作为关心学生的座右铭，"把学生成长、成才看成是最大的幸福"，他也是长期坚持这样做的。

陈飞老师说："作为一名新时代的教师，我今后要更加努力，不忘责任与担当，忠诚于党的教育事业，肩负起时代赋予我们的职责和使命，为党的教育事业贡献自己的一份力量。"

图书在版编目（CIP）数据

陈飞诗文集／陈飞著. —长沙：中南大学出版社，2020.2

ISBN 978 – 7 – 5487 – 3964 – 7

Ⅰ.①陈… Ⅱ.①陈… Ⅲ.①诗集－中国－当代 Ⅳ.①I227

中国版本图书馆 CIP 数据核字（2020）第 022734 号

陈飞诗文集
CHENFEI SHIWEN JI

陈飞　著

□**责任编辑**　刘颖维
□**责任印制**　周　颖
□**出版发行**　中南大学出版社

　　　　　　社址：长沙市麓山南路　　　　邮编：410083

　　　　　　发行科电话：0731 – 88876770　　　传真：0731 – 88710482

□**印　　装**　长沙印通印刷有限公司

□**开　　本**　880 mm×1230 mm 1/16　□**印张** 6.25　□**字数** 162 千字
□**版　　次**　2020 年 2 月第 1 版　　□2020 年 2 月第 1 次印刷
□**书　　号**　ISBN 978 – 7 – 5487 – 3964 – 7
□**定　　价**　86.00 元